Only Sense Online
온리 센스 온라인
05

토우토비 Toutobi
뮤우 파티의 척후역.
무기는 타고난 스피드.
가장 강한 것은 누구인가?!
PvP 대회
타쿠 Taku
윤의 리얼 친구.
대회에서는 '이도류'로 도전한다?!

세이 Sei
[팔백만]의 서브마스터로,
윤의 리얼 누나 [빙정의 마녀]로
유명한 마법직 플레이어.
미카즈치 Mikaduchi
[팔백만]의 길드마스터.
봉술을 쓰며 높은 전투력을 자랑한다.
루카토 Lucato
뮤우 파티의 사령탑.
대검이나 장검을 다루는 디펜더.

“〈엘레멘트 인챈트〉——웨폰,
〈인챈트〉——인텔리전스,
〉——솔 레이”
뮤우의 장검은 그 빛을 더욱 키우며
하얀 잔광을 남겼
“간다아앗!”

온리 센스 온라인
5

아로하자초 지음 | 유키상 일러스트 | 한신남 옮김

커버 그림, 본문 일러스트 | **유키상**

Only Sense Online

생산 길드와 레이드 퀘스트

Character

윤 Yun

최고로 인기 없는 무기 [활]을 택해버린 초심자 플레이어. 수습 생산직으로서 부가 마법이나 아이템 생산의 가능성을 깨닫기 시작하고———.

뮤우 Myu

윤의 리얼 여동생. 한 손 검과 광 마법을 다루는 성기사로 완전 전위형. 베타판에서는 전설이 될 정도의 치트급 플레이어.

마기 Magi

톱 생산직 중 한 명으로 플레이어들 중에서도 유명한 무기 장인. 윤의 든든한 선배로 충고를 해준다.

세이 Sei

윤의 리얼 누나. 베타판부터 플레이어한 최강 클래스의 마법사. 수 속성을 주로 다루고 모든 등급의 마법을 구사한다.

타쿠 Taku

윤을 OSO로 끌어들인 장본인. 한 손 검을 다루고 경갑옷을 장비하는 검사. 공략에 애쓰는 정통파 플레이어.

클로드 Cloude

재봉사. 톱 생산직 중 한 명으로 의복류 장비품 가게의 주인. 윤이나 마기의 오리지널 장비 클로드 시리즈를 만들었다.

리리 Lyly

톱 생산직 중 한 명으로 일류 목공 기술자. 지팡이나 활 등의 수제 장비는 많은 플레이어에게 인기를 얻고 있다.

서장　소생약과 검은 벌레

"윤. 정말로 소생약을 만들 수 있어?"

"레시피는 완전하지 않아. 재료는 다 모았으니까 실험은 할 수 있겠지."

"혹시 소생약의 조합에 실패하면."

"또 모으러 갔다와."

"그러면 늦어."

[아트리엘]의 공방으로 타쿠를 불러들여서 소생약의 소재인 [도등화 꽃잎]을 넘겨받았다. 타쿠는 아이템 제공자라는 입장으로 내가 생산하는 모습을 옆에서 지켜보았다.

타쿠에게는 말하지 않았지만, 소생약의 조합에는 [도등화 꽃잎] 이외에도 필요한 소재가 있다.

기본이 되는 포션의 소재인 약초, MP 포션용 마령초. 그리고 여러 생산 장면에서 널리 사용되는 [생명의 물]이다.

소재의 조합을 알려주면 거기서 레시피를 재현할 수 있을지도 모르기 때문에, 타쿠에게는 자세한 설명을 하지 않고 혼자서 조합해나갔다.

이걸 어떤 수순으로 만들면 소생약이 나올까. 이제부터의 작업은 하나하나 더듬듯이 확인하면서 해야 한다.

"뭐, 평소처럼 해볼까."

"그래, 부탁해."

일단은 포션과 MP 포션, 생명의 물을 같은 분량만큼 나누어서 섞었다. 이렇게 해서 연한 녹색의 액체를 만들어냈고, 거기에 핑크색 꽃잎을 투입하여 섞었다. 연녹색의 액체는 차츰차츰 꽃잎을 녹이다가 마지막에는 핑크색 액체로 변하였다.

열화 소생약 [소모품]

소생 [HP +1%]

그렇게 나온 결과에 한숨을 내쉬었다. 뭐가 잘못되었는지 판별하기 위해서 각각의 소재가 포션의 효과에 영향을 미치는 요소를 생각하고, 짚이는 요소를 노트에 기록하였다.

– 스킬로 만드는 기본 포션과 수작업으로 만드는 고품질 포션의 성능 차이.

– 포션, 하이포션, 농축 포션에 따른 효과 차이.

– 포션과 MP 포션의 비율 판별.

– 생명의 물을 사용한 포션일 경우.

– 농축기를 사용했을 경우 농축 타이밍의 차이.

일단 각 약품의 비율이 다른 혼합액을 준비하자, 각기 녹색의 진한 정도에 차이가 보였다.

나는 그런 혼합액의 비커에 하나씩 꽃잎을 떨어뜨리고 섞여서 녹였다.

그동안에 타쿠는 흥미진진하게 [아트리엘]의 공방을 훑어

보고, 평소에는 볼 일이 없는 도구들을 노려보듯이 바라보았다.

농축기나 분쇄기 등을 시작으로 여러 종류의 합성 키트의 마법진, 가게에 비치된 아이템박스와 메이킹박스. 공방 구석에는 매달아 놓아서 건조 중인 약초가 있고, 휴대용 화로가 구석에 놓여 있었다.

그런 타쿠의 모습을 무시하고 나는 각각의 혼합액의 결과를 노트에 정리했다.

혼합액 중에는 곧바로 선명한 핑크색으로 반응하는 액체도 있고 꽃잎이 녹는 데에 시간이 걸려서 연하게 물드는 정도의 것도 있었다. 완전히 색을 잃은 것까지 있었다.

엷게 색이 든 것은 [열화 소생약]으로서 어느 정도 완성도를 보였지만, 선명하게 색이 든 것이야말로 진짜 소생약이다.

이 결과에서 조합에 따른 영향을 생각하면――.

"효과가 강한 소생약에는――고품질의 포션과 농축을 통한 회복량 상승을 빼놓을 수 없을 거고. [생명의 물] 사용은 필수. [생명의 물]을 사용한 포션이라면 혼합액을 제작할 때 넣을 필요는 없을 테고. 효과가 강한 비율은 하이포션 3에 MP 포션 1인가. 농축 타이밍은 혼합액으로 만든 뒤. ……이 정도일까."

"윤. 그런 걸로 알 수 있어?"

"다른 조건을 똑같이 하고, 알고 싶은 조건만 조합한 결과야. 그렇긴 해도 혼합비율은 더 자세한 범위가 있을지도 모르지만.”

나는 그렇게 말하고 나머지 꽃잎을 써서 최적 조건으로 판명된 혼합액을 만들기 시작했다.

분량은 신중하게. 사전에 준비한 포션들을 사용하는 만큼 이상한 실패도 없다.

다만, 이 경우 상당히 아픈 것이 농축 포션. 아니, 농축 혼합액의 제작이다.

하이포션과 MP 포션의 혼합액을 농축기로 돌려서 열 배로 농축한 것으로, 일반적인 것보다 열 배의 비용이 든다. 게다가 그렇게 완성된 아이템의 명칭은 농축 하이포션이지만, MP의 회복 요소는 없고 농축 전의 하이포션보다 효과가 뒤지기 때문에 완전히 소생약용의 중간 레시피에 불과하다.

나는 그 농축 혼합액의 선명한 진녹색 안에 꽃잎을 하나 떨어뜨렸다. 꽃잎은 액체에 닿은 순간 녹아서 핑크색이 액체에 퍼졌다. 그리고 나는 그것을 타쿠의 눈앞에서 가만히 포션병에 옮겨 담았다.

소생약 [소모품]

소생 [HP +10%]

“이걸로 완성이야. 지금 나머지 꽃잎으로도 소생약을 만들게.”

“오옷?! 드디어 소생약이! 완전한 소생약이 나왔나!”

“아까 만든 녀석 중 대부분은 실패든가, 열화 소생약. 또 하나 성공한 게 있지만, 그건 회복도가 조금 낮아.”

타쿠가 기뻐하면서 소생약을 바라보는 걸 무시하고 나머지 소생약도 준비했다.

“소생약의 레시피를 찾기 위해 소비한 꽃잎 열 장에서는 일단 소생약이 두 개 나왔어. 네 개가 열화 소생약이고 나머지는 실패.”

“땡큐, 윤. 이걸로 생산 이벤트 전에 PVP 준비가 끝났군. 그러고 보니 아직 보수 이야기는 안 했네.”

어라? 그랬던가? 타쿠와의 대화를 떠올려보았는데, 분명히 소생약 제작을 부탁받을 때 보수 이야기를 하지 않았다. 뭐, 귀중한 재료로 [조합]할 수 있었던 것이 경험치라는 의미에서 대가로 크다. 또 많은 [조합] 보유자들이 탐내는 [소생약] 레시피가 완성된 것만으로도 보수다. 그러니까 뭘 따로 받을 생각을 하지 않았다.

“그냥 여태까지의 경험이면 충분히 대가가 되는데…….”

“그래선 공짜로 일한 거잖아. 보수를 깎을 이유는 되지만, 안 받을 이유는 되지 않아. 그러니까――.”

그렇게 말하며 타쿠는 방금 전에 건네준 소생약 중 절반과 50만 G를 메뉴의 아이템 트레이드 기능으로 건네왔다.

고품질 소생약 하나, 통상 소생약 하나, 네 개의 열화 소생약을 말이다.

"계산도 철저하네. 제일 효과 센 건 자기가 갖고, 나한테는 약한 거나 실패작을 넘기다니. 고품질의 소생약이 여섯 개나 필요해?"

"전위인 나한테는 회복량이 많이 필요하니까. 부활 직후에 대미지를 입어서 또 리타이어하면 안 되잖아."

그 점에서 나는 후위의 활잡이다. 어지간해선 HP가 줄어들지 않을 거라고 납득했다. 또 이 이상으로 내가 사양해도 타쿠가 납득하지 않을 것을 어려서부터 알던 사이인 만큼 잘 안다.

"그러고 보니 드디어 [길드 권유 종식 선언]이 나온 모양인데, 밖에는 안 나가?"

"종식했다고 해서 바로 외출해야 하는 것도 아니고. 필요한 물건은 충분해서 사지 않아도 돼."

나는 타쿠의 의뢰를 마치고 찻잔을 꺼내어 차 준비를 시작했다. 우리는 공방에서 점포로 이동하여 마주 보듯이 차를 마셨다.

길드증 가격 폭락으로 시작된 길드 권유 소동──.

저렴한 길드증이 시장에 대량 나돈 결과, 길드가 난립. 그에 따라 길드 세력 확대를 노리는 중소 규모의 길드가 억지스러운 길드 권유에 나섰다.

그중에는 악질적이기 이를 데 없는 행동을 거듭하는 길드도 있어서, 나를 시작으로 일부 플레이어는 마을이나 인기

지역을 피하는 식으로 몸을 숨겼다.

"뭐, 소동이 끝나서 다행이야."

"그렇지. 가게 카운터에 윤이 없으면 [아트리엘]도 적적하지."

"역시 여기가 제일 마음 편해."

생산 길드 주최 이벤트가 시작되기 전에 종식시키겠다고 마기 씨가 기합을 넣었지만, 예상보다 일찍 끝난 모양이다.

뭐, 무엇을 실행했냐 하면 항의 활동이라는 이름으로 생산직 플레이어들의 판매 거부 활동을 한 정도다. 내가 악질 권유 길드에게 [아트리엘] 출입 금지 경고를 내린 것이 많은 생산직 플레이어들에게 불을 붙인 결과가 되었다.

그 바람에 몇몇 길드는 무기의 정비나 소모품 확보가 불가능해져서 자연스럽게 해산. 또는 고개를 숙이며 사과하러 찾아왔다.

클로드가 그 정보를 퍼뜨려서 생산직을 적으로 돌리면 얼마나 무서운지를 심어주었다.

일부 강경 길드나 생산 플레이어를 데리고 있는 길드는 남았지만, 점점 힘이 약해지는 상태라서 권유에까지 신경이 가지 않는 모양이다.

던전의 보물상자 사냥으로 소모품을 모으는 플레이어도 있는 모양이다.

이런 타이밍에서 상업 길드가 돈벌이에 나서는 듯하지만, 가라앉는 배에서 얻을 수 있는 거라곤 얼마 없다고 느낀 뒤로는 클로드와 양호한 관계를 맺었다.

"내가 얽히지 않은 곳에서 여러 일이 있나 본데, 뭐, 열심히들 해."

"윤, 완전히 남의 일인 모습이잖아……. 네가 방아쇠를 당긴 꼴인데."

그런 건 몰라. 늦든 이르든 문제가 됐겠지. 그런 생각과 함께 갓 우려낸 홍차를 타쿠에게 내밀고 자신의 잔에도 입을 댔다.

"그렇지! 윤이 돌아온 것과 소생약의 완성을 기념하여, 지금부터 뭐라도 먹으러 갈까?"

"그럼 타쿠가 쏘는 거지? 소생약의 추가 보수로."

"오케이. 그럼 어디 갈까?"

농담으로 한 말이었는데, 흔쾌히 승낙되었다. 게임 안에서는 부자인 타쿠에게 뭘 사달라고 할까…… 라고 고민했다.

"그럼 클로드의 [콤네스티 카페 양복점]으로 갈까? 케이크 먹으러 가고 싶어."

"바로 가자고!"

그렇게 말하며 내놓은 홍차를 단숨에 비우고 일어서는 타쿠. 그렇게 서두르지 않아도 될 거란 생각이 들었지만, 타쿠의 페이스에 맞추어 홍차를 마셨기 때문에 혀를 데었다.

●

나는 [아트리엘]을 나서서 걸으면서 이야기했다.

“소생약을 갖춘 건 PVP 때문이잖아? 타쿠는 이길 수 있어?”

한 가지 궁금했던 걸 물었다. 소생약은 커다란 어드밴티지다. 그걸 쓰면 얼마나 성과를 거둘 수 있을까 싶어서 타쿠의 예상을 물었는데, 타쿠는 고개를 내저었다.

“글쎄. 어쩌면 일찌감치 떨어질지도.”

“……그럼 내가 소생약을 만든 의미가 없지 않아?”

“어쩔 수 없잖아. 승부는 그때의 운. 부활한 순간 또 집중포화를 맞을 가능성도 있어. 뭐, 살아남을 방법 중 하나지.”

그런 빤한 소릴. 그렇게 생각했지만 사실이겠지. 분명히 토너먼트처럼 시간이 걸리는 방법은 포기하고 배틀로열 방식으로 결정되었을 터였다. 그렇게 되면 주위 모두가 적……이라고 상상만 해도 소름이 끼쳤다.

“윤은 찻집에서 무슨 케이크를 주문하려고?”

“으음, 전에 초콜릿 쪽을 먹었으니까 치즈 쪽으로 할까. 그거 말고는 돌아와서 애들한테 줄 수 있는 과자도 골라서.”

“어이, [콤네스티 카페 양복점]의 파티쉐는 과자 특화 요리인으로, 스테이터스 상승효과도 있어서 가격이 보통 요리의 열 배 이상 비싸다고. 조금은 참아라.”

“보수를 짜게 굴었으니까, 그 정도는 내라.”

날카롭게 타쿠를 올려다보면서 나란히 걸었더니 한숨과 함께 “어쩔 수 없군” 이란 말이 돌아왔다.

그때 조금 떨어진 곳에서——"카페 데이트인가. 제길!", "사람들 앞에서 염장질이나 하고, 우리한테서 피눈물을 쏟게 할 셈이냐?!", "깨져버려.", "이미 분노와 질투로 죽을 것 같아.", "어이, 아까 PVP라고 하지 않았어? 나 참가할래. 저 녀석을 한 대 팰 수 있다면 족해.", "좋아, 내친 김에 리얼충 플레이어를 색출해서 죄다 박살낼까?", "좋아, 그걸로 하자. 시간이 없어! 사람들을 모아!"——같은 남성 플레이어의 목소리가 들려왔다.

잘 들리지 않았지만, 그들은 즐거워하는 모양이다. 그들의 시선이 우리에게 향하고 있다는 것을 모른 채 카페 메뉴에 정신을 쏟았다.

클로드의 가게인 [콤네스티 카페 양복점]에 도착하여 안을 살펴보니 카운터에서 테이블 자리까지 꽉 차있어서, 빈자리라고는 오픈테라스의 자리 정도였다.

"그럼 난 밖에서 자리 잡고 있을 테니까."

"그럼 나는 안에서 케이크랑 가져올게. 타쿠는 뭐 마실래?"

"나는 윤이랑 똑같은 걸로."

"오케이."

오늘은 다소 상큼한 레몬티 같은 게 어떨까. 레몬 풍미의 치즈 케이크가 있었으니까 같은 레몬 계열이라는 조합을 택하고, 자쿠로와 뤼이를 위해서 슈크림도 동시에 테이크아웃으로 주문했다.

가게 안에서 먹는 케이크 세트보다 먼저 테이크아웃용 슈크림을 받고, 쟁반에 올린 케이크와 차를 받아들고 타쿠에게로 돌아갔다.

"어서 와. 윤…… 그런데 여기는 점원이 가져다주는 거 아니었어?"

"응? 바쁜 모양이니까 내가 가져왔어. 이러는 게 빠르잖아?"

콤네스티의 점원으로 웨이터와 웨이트리스 일을 하는 롤플레이어는 다소 주저했지만, 클로드를 통해 서로 얼굴을 알기 때문에 내 의견을 받아들여주었다.

"그럼 먹을까. 레몬 계열로 맞춘 케이크 세트. 잘 먹겠——."

이제부터 시작되려는 행복의 시간, 그걸 깨뜨리듯이 갑자기 검은 뭔가가 날아들었다.

"뭐, 뭐야?!"

대로를 사이에 둔 맞은편에 있는 [리리의 목공점]의 벽을 부수고 날아온 다섯 마리의 곤충형 몹.

온화한 오픈테라스를 다섯 마리의 검은 곤충형 몹이 순식간에 포위하였다.

그 자리에 있던 플레이어가 검으로 베고 방패로 움직임을 막았지만, 복수 파티가 함께 싸우는 바람에 공투 페널티의 약체화 효과를 입어서 좀처럼 쓰러뜨릴 수가 없었다.

처음에 우리는 너무나도 갑작스러운 일에 포크를 쥔 자세로 일어서서 굳어버렸지만, 채 쓰러지지 않은 몹 한 마리가 오픈테라스 쪽으로 돌진하는 바람에 정신을 차렸다.

"아니, 진짜야?!"

"윤, 물러나!"

타쿠가 내 가슴을 세게 밀어서 뒤로 물러나게 했다. 어이, 어딜 만지는 거야?

"하압――〈소닉 엣지〉!"

그리고 두 개의 장검을 뽑은 타쿠는 그대로 검은 곤충형 몹과 맞서기 위해 장검을 크게 휘둘렀다.

노랗게 빛나는 두 자루 장검의 궤적이 하나로 합쳐지며 거대한 진공파를 만들고, 하늘을 나는 곤충형 몹을 향해 똑바로 날아갔다.

공중으로 도망칠 수도 없는 곤충형 몹이 정면에서 큰 대미지를 받아 테이블에 격돌하는 형태로 몸이 빛의 입자로 변하여 사라졌다.

"아……."

어느 틈에 쓰러진 곤충형 몹이 만들어낸 상황을, 나는 엉덩방아를 찧은 자세로 올려다보았다.

"괜찮아, 윤?"

타쿠가 내민 오른손을 잡으려다가 내가 아직도 들고 있는 포크를 보았다. 어색한 마음에 왼손으로 고쳐 들고 타쿠의 손을 잡았다.

그리고 목격한 것은 비참한 꼴이 된――내 케이크.

망가진 테이블과 함께 쏟아진 레몬티와 망가진 2인분의

케이크를 보니 기분이 축 처졌다.

"아, 못 먹게 됐나."

"……내 케이크가."

다행스럽게도 슈크림은 인벤토리에 넣어뒀기에 피해는 그것뿐이었지만, 그래도 기대하던 케이크였는데.

그때 길 너머와 카페 안에서 허둥지둥 달려오는 발소리가 들렸다.

"이게 무슨 일이지? 테라스가 일부 부서진 모양인데……."

"크로찌, 미안! 아이템이 폭발했어! 무슨 피해 없었어?!"

길 너머의 [리리의 목공점]에 뚫린 구멍을 통해 길로 튀어나온 주인이자 목공사인 리리. 그 양손에 나이프를 든 모습을 보면 방금 전까지 싸웠던 모양이었다.

"……지금은 피해 확인을 우선하자."

카페의 주인이자 재봉사인 클로드도 검은 곤충형 몹의 피해를 확인하였다.

"으음, 이번에는 얌전한 리리의 가게에서 폭주인가.", "그러고 보면 전에 폭탄을 만들려다가 가게를 불바다로 만든 녀석이 있었어.", "아하하, 생산직은 목숨을 걸고 하는군.", "우리랑은 다른 전장이야.", "뭐, 문제없어. 튀어나온 놈은 모두 쓰러뜨렸으니까."

자리에 있던 플레이어들은 그렇게 말하며 딱히 신경 쓰는 기색을 보이지 않았다. 피해라고 하자면 클로드네 가게의 테라스에 있던 테이블 일부가 파손된 정도다. 목공사인 리리라면 금방 수리할 수 있겠지.

다만——.

"아, 윤찌. 저기, 미안."

"……하아, 그렇게 슬픈 얼굴 하지 마라. 좋아하는 케이크 골라 와. 이번 건 이벤트 관련 사고다. 생산 길드로서 제대로 보장하지."

"자, 새로운 케이크 주문한다. 에잇, 먹고 싶은 대로 먹어!"

풀 죽은 나를 위로해주는 클로드와 리리의 말. 하지만 그래도 역시나 떨어진 케이크에 대한 미련이 남았다.

"우우, 돌아오지 않는 레몬 치즈 케이크가……."

"이건 윤에게 맡긴 일에 대한 보수 중 일부야. 걱정 마."

의기소침한 나를 보고 말을 거는 타쿠. 그리고 내 손을 잡아끌고 가게 안의 쇼케이스 앞으로 데려갔다.

아쉽게도 레몬 풍미의 치즈케이크는 다 팔려서 키위와 생크림 롤케이크를 골랐다.

달달한 밀크티와 맞춰서 조금씩 맛보면서 먹었다.

"……맛있어."

맛있지만, 역시 떨어뜨린 케이크에 대한 미련 때문에 울상이 되었다.

"그래, 리리. 왜 사고가 발생한 건지 설명해줘."

나는 슬픔 속에서 케이크를 먹으며 리리에게서 사고의 설명을 들었다.

"어어, 오늘 나한테 윤찌가 만든 [제충향]이 도착해서 이벤트에 앞서 실험을 해봤어. 그런데 범위 확인에 실패해서 놓친 거야…….”

“하아, 운이 없었던 이야기로군. 이해했다. 나는 또 가게 안으로 들어가지.”

사태를 파악했다면서 방금 나온 커피를 홀짝 마시고 일어서는 클로드. 그리고 발을 옮기던 중에 떠오른 것처럼 말하였다.

“생산 길드 주최의 이벤트 준비는 대충 끝났다. 기대해라.”

윙크를 남기고 떠나가는 클로드의 모습에 기대 반, 방금 전에 폭발 사고로 불안 반이 되었다.

이벤트는 이번 주말의 휴일 이틀에 걸쳐서 열린다.

타쿠나 뮤우는 어떻게 보낼지는 모르지만, 나는 느긋하게 지낼 생각이다.

1장　이벤트와 노점

방과 후의 학교. 많은 학생들이 하교하고 남은 건 동아리 활동이나 청소 당번, 기타 잡무가 있는 사람들뿐이다. 그런 가운데 나는 한 여학생과 나란히 걷고 있었다.

"엔도, 절반 들어줄게."

"응, 고마워."

학급위원인 엔도가 숙제 제출 때문에 아이들에게 노트를 모았는데, 학급 전원의 분량이라 이게 또 무게가 꽤 된다. 최근 그냥 같은 반 급우에서 한 걸음 가까워진 상대라서 나는 왠지 걱정스러운 마음에 도와주겠다고 자청했다.

"슌이 도와줘서 편해졌어. 이대로 학급위원도 대신 맡아 주면 안 될까?"

"나는 이런 일이 싫어. 귀찮아."

"그 귀찮은 일을 하는 내 앞에서 할 말?"

"미안."

가볍게 웃더니 농담이라고 대답하는 엔도.

"싫은 일을 솔선해서 도와주다니, 하고 싶은 말이라도 있는 거 아냐? 타쿠미한테 내 이야기가 들어가는 걸 싫어하는 것도 생각해서."

"음, 뭐……."

다 들켰나. 그렇게 생각하면서 엔도의 말에 고개를 끄덕여 긍정했다.

엔도와는 둘 다 OSO의 플레이어라는 접점이 있다. 엔도는 나와 타쿠미가 OSO를 하는 걸 알고 있었다. 나는 그녀가 OSO를 하는 줄 전혀 몰랐다가 얼마 전에야 알았다.

그녀는 처음에는 내 앞에서도 정체를 숨겼지만, 지금은 털어놓았다. 하지만 타쿠미에게는 아직도 숨기는 모양이었다.

"묻고 싶은 건 그 두 사람 이야기?"

"그래, 엔도한테 계속 맡겨놨으니까 어떤 식으로 지내고 있을까 싶어서."

그 두 사람이란 나와 엔도가 최근에 돌봐주는 라이나와 알을 말한다. 내 질문에 엔도는 살짝 고민하듯이 목소리를 높여서 평가를 내렸다.

"그래. 어느 정도는 자기 센스를 이해했으니까 문제없어. 레벨을 보자면 조금만 더 노력하면 초심자에서 탈출할 수 있을 거야. 그다음에는 어디 파티와 함께 싸우면 빅 보어 정도는 사냥할 수 있는 실력이야. 솔로로 해치우기는 아직 멀었지만."

"그래. 그럼 문제없나."

엔도의 평가에 안심했다.

정예몹인 트렌트의 습격을 받던 쌍둥이 초심자들을 나와 엔도가 함께 구해준 것이 첫 만남이었다. 거기서 이어진 인연인데, 순조롭게 성장하는 모양이라 안심했다.

"초심자를 벗어난다면 슬슬 선배 플레이어로서 뭔가 선물을 하는 것도 좋으려나."

"그거라면 이번 주말 이벤트로 정하자. 슌도 참가하지?"

"그래, 그럼 그때 정할까."

엔도가 말하는 참가란 OSO의 생산 길드가 주최하는 이벤트 이야기다.

거기에는 생산직 플레이어가 평소보다 노점이나 행상을 더 많이 차리고 스테이지쇼나 PVP 등의 이벤트를 기획했다.

애초에 엔도에게 그렇게 말한 이유는 쌍둥이 초심자 플레이어인 라이나와 알의 정황을 알고 싶었던 거지만, 내친 김에 선물 이야기도 좀 해보자.

"뭘 선물하면 좋을까? 나는 아이템의 유행 같은 걸 모르니까."

"그건 당일 본인들이 마음에 들어하는 물건의 돈을 내주면 되지 않아? 그보다 그렇게 걱정할 일도 아닐 텐데."

쓴웃음을 짓는 엔도의 말에 분명히 그게 확실하겠다 싶어서 납득했다.

서로 예산을 얼마 정도 내놓을 건지 이야기하면서, 수업 노트를 담당 교사에게 제출하고 교실로 돌아왔다.

"슌. 어디 갔었어?"

"타쿠미. 기다렸던 거야? 엔도를 좀 도와줬어. 노트가 무거워 보여서 말이지."

"고마워. 내일 봐."

타쿠미와 얼굴을 맞댔다가 자기도 OSO 플레이어라는 게 들통나는 걸 피하기 위해 자기 자리로 돌아가는 엔도.

타쿠미는 그런 우리의 모습에 눈을 가늘게 뜨고 바라보았다.

"뭐, 뭐야, 그런 눈을 하고."

"아니, 뭔가, 어느 틈에 친해진 걸까 싶어서."

묘한 쪽으로 예리한 녀석이다. 하지만 다름 아닌 타쿠미니까 이상한 거짓말을 했다간 바로 알아차릴 테지.

"그냥 장 보러 나갔을 때 만나서 이야기 좀 나눴을 뿐이야. 괜찮은 빵집 같은 것도 소개받았고…… 뭐, 그런 식."

"흐응. 뭐, 좋아. 그런데 이번 주말에는 같이 이벤트를 돌아다닐까? 아니면 미우나 시즈카 누나랑 같이 있을 거야?"

"으음……. 선약이 있어. 미우나 시즈카 누나랑은 별도 행동일까? 하지만 아마 얼굴을 마주치긴 할 걸."

"뭐, 그럴 때도 있지. 좋아."

내 대답에 납득했는지, 타쿠미는 그대로 가방을 집더니 '먼저 간다'라면서 돌아갔다.

뭐야, 주말 예정을 듣고 싶었을 뿐인가? 한숨을 내쉬면서 엔도 쪽을 돌아보았다.

"수고했어."

"뭐, 항상 있는 일이니까, 그보다 우리도 돌아갈까."

내가 엔도를 재촉해서 둘이서 승강구를 통해 밖으로 나갔다.

기울어가는 태양과 날이 갈수록 내려가는 기온에 이제 가을이라고 느끼면서 잡담을 나누면서 교문 쪽으로 향했다.

교문 너머에서 낯익은 뒷모습을 발견해서, 나는 말을 걸었다.

"미우. 지금 하교해?"

"어라? 오빠. 응, 청소당번이었으니까. 그리고…… 친구?"

"안녕. 나는 슌이랑 같은 반인 엔도야."

"예. 안녕하세요. 저는 오빠 동생인 중등부의 미우입니다. 그런데 우리 오빠와의 관계는?"

"어이, 미우."

갑자기 무슨 버릇없는 질문이야? 내가 눈을 가늘게 뜨고 미우를 바라보자 농담이라면서 한 발 물러났다.

"그래. 같은 반 친구일까?"

"엔도도 고지식하게 대답 안 해도 되니까."

"그럼 미우는 내 친구가 되어줄래?"

"예! 엔도 선배!"

활짝 웃는 미우와 미소를 짓는 엔도가 나란히 걸어갔다.

자연스럽게 나는 조금 물러나서 두 사람이 이야기하는 내용에 귀를 기울이는데…… 미안. 뭐야, 이 영문 모를 전문용어의 온퍼레이드는?

게임 이야기인가 싶었는데, 두 사람의 대화가 주문으로밖에 들리지 않았다. 무슨 회피방법이라는 둥, 공격하는 타이밍이라는 둥, 게임 제작진이 전작을 기반으로 필드 타입을 증가했다든가, 재활용한 적의 색깔 차이, 변이종이나 이상종, 다운로드 콘텐츠라는 둥……. 아마도 모르겠다.

그런 내용을 반짝거리는 표정으로 말하는 미우와 적절하게 맞장구를 치는 엔도. 엔도도 미우와 비슷할 정도로 게이머구나 싶어서 왠지 기가 죽었다.

"오빠! 엔도 선배, 대단해! 다양하게 알고 계셔!"

"아그렇습니까잘되었군요."

이야기를 따라갈 수 없는 오빠는 쓸쓸한 마음에 말이 이상해졌습니다.

"동생을 빼앗겨서 삐졌어?"

킥킥 웃는 엔도에게 나는 '아닙니다. 두 사람에게 압도되었을 뿐입니다' 라는 시선을 날렸지만 모르는 눈치였다.

"나는 어디까지나 지식뿐이야. 분명히 게임은 좋아하지만, 따지고 보자면 공략본의 정보나 설정, 데이터를 보고 즐기는 사람이니까."

"에엣, 엔도 선배랑 게임하고 싶었는데……."

"미안해. 나는 별로 게임을 잘 못 하는 것 같아."

대체 누가? 하는 새된 눈으로 엔도를 보았지만, 또 무시당했다.

"그럼 난 여기까지. 슌, 또 봐. 동생도 즐거운 시간 고마워."

돌아가는 방향이 다른 엔도를 보냈다. 엔도가 처음에는 미우라고 불렀는데 어느 틈에 친근함을 담아서 동생이라고 부르고 있었다.

미우도 선배라고 불렀기 때문에 두 사람의 관계는 나쁘지 않은 눈치였다.

“아직도 저렇게 게임을 좋아하는 사람이 있었다니. 지식도 꽤 많고, 이야기하면 즐거워!”

“다행이네.”

“응! 하지만 숨겨진 게이머처럼 자기가 적극적으로 움직이는 타입이 아니니까 아쉬워. 하지만…….”

“하지만?”

“어디선가 본 적이 있는 것 같은데.”

……여전히 감이 좋은 여동생이다. 하지만 여기선 화제를 돌려볼까.

“케이크라도 사서 돌아갈까?”

“어?! 그래도 돼?”

“가끔씩은 말이지.”

솔직히 저번에 못 먹은 레몬 치즈 케이크를 잊을 수 없는 것도 이 제안의 이유지만, 그건 신경 쓰지 말자. 기본적인 화제 돌리기로 미우의 관심을 돌리고 살짝 숨을 내뱉었다.

엔도, 네가 OSO 플레이어라는 사실을 들키는 건 시간문제일지도 모르겠어.

●

이벤트 개막 삼십 분 전, 청소도 세탁도 끝내고 시계를 확인한 나는 다소 이르지만 로그인하자는 마음에 방으로 향했다.

VR 기어를 착용하고 침대에 누워서 평소처럼 의식을 가라앉혔다.

내가 일어선 곳은 로그인 포인트로 설정한 [아트리엘]의 공방이었다. 이미 뮤우는 로그인해서 이 마을 어딘가에 있을 터이다.

나는 바깥 분위기가 궁금해져서 점포의 문에 손을 대고 열었다. 그 직후에 울린 느긋한 음악에 가게 입구에서 밖을 보니, 개막 전인데도 이미 흥청대는 분위기였다.

평소보다 많은 플레이어들이 오가는 모습이 보여서, 한 마을에 이렇게 사람들이 모인 건 OSO 정식 가동일이나 공식 이벤트 정도려니 싶었다.

"사람이 많네. 이렇게 모였으면 개막을 기다리지 않고 시작한 곳도 있겠다."

나는 혼자 쓴웃음을 지으면서 카운터 자리로 돌아가서 뤼이와 자쿠로를 소환했다.

[아트리엘]에서 만나기로 한 에밀리가 라이나와 알을 데리고 오기를 느긋하게 기다렸다.

마을에서 주로 사람들이 모이는 만남의 장소는 몇 군데 있지만, 이런 날은 사람이 너무 많아서 만날 수 없을 경우를 고려해서 내 가게로 하였다.

뮈이와 자쿠로의 털 감촉을 확인하면서 빗질을 하고 있자, 가게 입구에 그림자가 드리워졌다. 그쪽에 고개를 내밀자 기다리던 사람들이 흥미 깊은 눈치로 들여다보았다.

"어서 와. 라고 하는 것도 좀 이상한가. 시간 맞춰 왔네."

"두 사람을 데려왔어."

오늘 에밀리는 마스크와 음성변조기, 그리고 캐릭터명을 숨기는 장비를 장착한 에밀리오의 모습으로 왔다.

"에밀리, 왜 또 그 모습?"

"타쿠나 여동생도 있잖아? 최대한 얼굴은 보이고 싶지 않아."

에밀리의 말에 납득한 눈치인 라이나와 알을 나는 가게 안으로 들여보냈다.

가게 안에 들어온 라이나의 흥미는 투명하고 얕은 항아리의 가장자리에 걸쳐진 삼색 컬러의 합성몹인 젤들을 향했고, 알은 가게의 MP 포션이나 인챈트 스톤, 강화환약 등 마법사에게 유용한 아이템을 주목하였다.

"헤에, 이런 아이템도 있나. 라이도 이거 봐봐."

"……저기, 이 말랑거리는 애들, 건드려도 안 도망가? 저기 여우랑 유니콘처럼."

알이 [아트리엘]을 분석하는 것과 반대로 라이나는 미간에 주름을 잡으면서 진지한 표정으로 젤들을 바라보았다.

젤들도 항아리 가장자리에 몸의 일부를 걸친 채로 주위 상황을 확인하였다.

나와 에밀리는 둘 다 변함없다는 마음으로 쓴웃음을 지었다.

"만져도 별문제없어."

"어?! 그래도 돼?! 와아! 파란 건 서늘하네! 그리고 빨간 건 따듯하고, 이쪽은 촉촉해!"

이런 것에 정신이 없는 라이나를 조마조마한 심정을 바라보는 알이 진정하라고 말했다.

"자, 이제 곧 개막 시간이야."

시간이 되어 나는 두 사람에게 밖에 나가자고 재촉했다. 에밀리와 함께 마을 중앙, 길드 회관 바로 위의 하늘을 올려다보았다.

거기에는 검은 안개가 진하게 깔려서 그 부분만 밤인 것처럼 어두컴컴했다.

"뭐, 뭐야, 저거?"

"괜찮아. 저건 암 마법의 〈스모그〉. 공격력이 없는 연막이야."

놀라는 라이나에게 에밀리가 설명해주었다.

암 속성의 마법 중에서 지 속성의 〈매드 풀〉과 마찬가지로 보조적인 위치인 연막 마법인 〈스모그〉다. 본디 적에게서 도망치거나 눈속임 등이 주목적인데, 빛으로 간단히 지워버릴 수 있어서 마법이나 횃불을 휘두르면 금방 걷히는 한심한 마법이다.

"하지만 이번에는 그게 목적이 아니야."

바로 그 밑의 길드 회관에서 뭔가를 검은 안개 속으로 던지고——폭발했다.

메마른 작열음과 함께 내부의 화약이 색색의 불구슬이 되어 〈스모그〉로 만든 검은 캔버스에 불꽃을 피웠다.

"우와아……. 이건 저번에 윤 씨가 만들었던 [화약]이로군요!"

"그래. 그렇긴 해도 화약구슬만 주고 디자인 같은 건 맡겼지만."

딱히 내가 죄다 만든 건 아니다. 다른 생산직 플레이어도 참가했었고, 제작법 정보도 공유하였다.

그 뒤에도 부분적인 밤하늘을 연출하기 위해서 펼친 검은 안개 안에 몇 번이나 불꽃이 작렬하고, 그때마다 마을 곳곳에서 환성이 일었다.

이 연출은 낮에 불꽃을 아름답게 보이기 위해서 클로드를 중심으로 한 [암 속성 재능] 센스 소유자들이 고안한 방법이라는 모양이다. 마지막에는 공격 마법을 이용한 성대한 일루전으로 어둠의 안개를 갈랐다.

목소리가 확산되어 마을 전체에 울려 퍼졌다.

[오늘은 우리가 기획한 이벤트에 와줘서 고마워! 오프닝 세리머니는 어땠어?! 여러 기획이 있으니까 기대해줘! 그럼——이벤트의 개최를 선언합니다!]

"저 목소리는 마기 씨인가. 본격적으로 시작한 모양이니 우리도 갈까."

"그래. 뭐, 적당히 돌아다니면서 군것질을 하고 노점 구경이라도 하자."

나와 에밀리가 말하자 뒤에서 두 사람이 어딘가 쓸쓸한 얼굴을 했다.

"왜 그래, 둘 다?"

나와 비슷하게 느낀 에밀리가 물었다. 지금은 가면으로 얼굴 윗부분을 가렸지만, 그 부드러운 어조에서 걱정하는 걸 알 수 있었다.

"우리는 초심자 플레이어라서 돈이 없어. 여태까지 사냥한 몹의 드롭 아이템을 팔아도 충분한 돈이 나올지 모르고."

"게다가 우린 장비를 바꾸려고 저축하고 있으니까, 돈을 쓰는 건……."

내가 에밀리에게 시선을 보냈는데, 에밀리는 아직 장비품 선물 이야기를 하지 않은 모양이었다. 사전에 이야기하는 것도 좋았겠지만, 깜짝 선물 쪽이 기쁘겠지.

"어어, 여기서 말해두겠는데 오늘 목적은 여기저기 돌아다니면서 노점에서 군것질하는 것 외에 또 하나. 두 사람에게 장비를 선물할까 해."

"이러니 저러니 해도 우리랑 계속 같이 있었으니까 초심자 장비 그대로잖아? 그러니까 윤이랑 이야기해서 두 사람의 장비 구입 대금을 반반씩 내주기로 했어. 물론 금액에는 한도가 있지만."

그렇게 말을 보충하는 에밀리. 둘이 합쳐서 20만 G를 예정하였다. 그 범위라면 1인당 무기 6만 G, 방어구 4만 G짜리 하나 정도다. 하지만 이렇게 정면에서 선언하자니 왠지 뱃속에서 창피함이 부글부글 끓어올랐다.

"으, 으음, 그러니까 여태까지 모은 돈은 예정대로 쓰면 돼. 응."

창피함에 말을 이상하게 끝맺었다. 스스로도 그렇게 생각했지만, 눈앞의 두 사람의 시선에 멋쩍어져서 시선을 돌렸다.

"어어, 저기, 뭐라고 말해야 좋을지 모르겠지만, 고맙습니다."

"응, 기대에 부응할 수 있게, 앞으로도 정진하겠습니다."

"둘 다 예의도 바르네. 게임이니까 편하게 하면 돼."

에밀리가 그렇게 말해도 전혀 들은 기색도 없이 반짝이는 순수한 시선을 보내니까 더욱 멋쩍었다.

"내 여동생이 그랬는데, 사람과의 관계의 시작은 일단 타산이라나 봐. 그렇게 깊게 생각하지 마. 게다가 두 사람이 강해져서 그만큼 우리 가게에서 소모품을 사주면 돼. 그럼 나도 돈을 벌어. 베풀면 돌고 돌아서 돌아오는 법."

그렇게 말하며 그 이야기는 끝이란 듯이 나는 자쿠로와 뤼이를 데리고 도망치듯이 걸었다.

내 옆을 따라오는 에밀리와 뒤쪽에서 따라오며 즐겁게 떠드는 라이나와 알. 라이나와 알의 눈치를 곁눈질하면서 에밀리가 슬쩍 귓속말을 건넸다.

“윤, 솔직하지 않네. 두 사람이 강해지면 돈을 벌 수 있다니.”

“뭐, 뭐야?”

“만약 그렇게 생각하는 사람이었다면, 시세를 망가뜨리지 않는 아슬아슬한 가격 설정으로 가게에서 구입 개수 제한 같은 건 안 걸겠지.”

“나 참……. 그래요, 어차피 솔직하지 않습니다요.”

에밀리는 죄다 꿰뚫어본 모양이라서 입을 삐죽거리며 퉁명스러운 태도를 보였다.

그 마음을 진정시키려고 외투 후드에 들어왔던 자쿠로의 두 꼬리를 쓰다듬었다. 방금 빗질을 해서 감촉이 아주 매끄럽다.

잠시 뒤에 진정된 나는 에밀리의 착각을 정정했다.

“하지만 그 가격 설정으로도 충분히 이익이 나오는 방법이니까 문제는 없어.”

“그래?”

“그래, 보충하자면 [아트리엘] 옆에 있는 밭에서 생산소재를 재배하고 있으니까 생산비용이 다른 플레이어보다 싸거든.”

그렇게 말하자 에밀리가 ‘나도 할 수 있을까?’라고 물었기 때문에, 작은 방에서 플래터 등의 원예용 아이템으로 대용할 수 있다고 가르쳐주었다. 다만 효율은 밭보다 떨어지고 씨앗도 필요하지만, [연금] 센스를 가진 에밀리라면 문제없겠지.

그리고 우리는 노점으로 발을 옮겼다. 여태까지 마을에 가지 않아도 나와 에밀리가 지원해주었기 때문에 라이나와 알에게는 눈에 들어오는 것 전부다 신기하게 보였는지 여기저기로 계속 시선을 옮기는 모습이었다.

두 사람의 시선이 가는 곳에는 음식을 파는 가게가 있었다.

음식을 파는 가게와 못 먹는 것을 파는 가게였다.

"어서 옵쇼! 독을 뺀 밀버드 꼬치야! 맛있어! 효과는 ATK 상승이야!", "빅 보어 케밥은 어때? 맛있다고.", "이쪽은 포털로 제2마을에서 가져온 신선한 야채(웃음)로 만든 야채 스틱이야!"

그렇게 활기 넘치는 호객 소리가 들리고, 그 반대편에는 게임에 도움이 되거나 개그 아이템 등을 파는 가게가 줄을 이루었다.

"자, 러시안룰렛. 여섯 개 중에 하나에 독이 있다! 파티의 운을 시험하시라. 파는 김에 해독초도 팔고 있어!", "맛은 없지만, 상태이상으로 경험치를 번다! 피를 토하는 레벨업이 아주 간단!", "소재의 맛을 그대로, 세상에서도 기묘한 독맛이 바로 이것! 자, 연회 게임에는 안성맞춤, 독요리는 이쪽이에요!"

상태이상의 내성 계열 센스를 장비한 상태로 레벨업을 목적으로 하는 독요리. 파티의 장난감인 러시안룰렛 등이 있었다. 초심자가 함부로 손을 대지 않도록, 주저할 만한 가격으로 팔리고 있었다.

그럼에도 불구하고 그 자리의 분위기에 낚여서 구입해서 먹다가 가게 앞에서 자폭하는 사람이 끊이지 않았다.

"뭐, 우리는 평범한 노점을 찾자."

내 말에 세 명 모두 고개를 끄덕이고 다시 노점을 돌기 시작했다.

노점들이 늘어선 장소에서 맛있는 걸 찾아 여기저기 이동했다. 슬쩍 보니, 대로 한 구역만이 텅 비어 있었다.

"대체 뭐지? 저기만 가게가 없이 인파가 생겼는데……. 퍼포먼스인가? 가보자!"

"아, 라이. 기다려!"

뛰어가는 라이나와 그 뒤를 쫓는 알. 나는 한숨을 내쉬면서 부자연스러운 그 구역으로 눈을 돌렸다.

"뭐 있나?"

"가보면 알겠지."

우리도 가던 속도 그대로 라이나와 알의 뒤를 쫓아가서 인파를 뚫고 나갔다. 그리고 현장까지 온 우리가 본 것은──.

"죄송합니다. 여기서 파는 음식 다 주세요."

"차, 참아줘, 레티아! 다른 사람이 먹을 게 없어져!"

도합 세 군데 노점의 주인 플레이어가 엎드려 빌 듯한 기세로 고개를 숙이고 있었다.

그걸 의아한 표정으로 바라보는 소녀는 어째야 좋을지 모르는 눈치로 자신의 사역수들을 보고 고개를 갸웃거리면서 쫑긋 솟은 귀를 하늘하늘 흔들었다.

"그럼 어쩔 수 없군요. 10인분만 싸주세요."

그 말에 비명을 지르는 주인들을 도와줘야겠다 싶어서, 나는 한 발 앞으로 나갔다.

"뭐 하는 거야, 레티아."

"어라, 윤 씨? 안녕하세요."

"윤. 아는 사람?"

"뭐, 보면 알겠지만, 같은 [조교] 센스를 가진 사람이라서."

레티아는 현재 초식동물 하루와 밀버드 나츠 등의 여러 몹을 사역하고 있을 터인데, 그 외에도 다른 몹이 두 마리 더 있었다. 하나는 남쪽 습지대에 출현하는 불구슬인 윌 오 위스프. 또 한 마리가 홀리어 동굴로 가는 가도에 출현하는 페어리팬서였다.

"윤 씨는 처음 보겠군요. 위스프 아키와 페어리팬서 후유입니다. 오늘은 사람이 많고 무츠는 MP 관계상 무리니까, 네 마리와 함께입니다."

그렇게 소개하는 레티아에게 어리광 부리듯이 달라붙는 네 마리의 사역몹. 그걸 보고 반짝반짝 눈을 빛내는 라이나에게 만져도 괜찮다고 허가하는 레티아.

마을 안을 걸으면 음식을 받거나 하기에, 우리 뤼이나 자쿠로보다도 사람을 잘 따르는 네 마리는 만져도 싫어하는 기색도 보이지 않았다.

"헤에, 사역몹이라. 나랑은 다른 종류의 몹을 부리네."

"저기…… 그쪽 분은?"

"내 친구 에밀리야."

에밀리라고 말한 순간 오한이 들었지만, 정정할 수도 없다. 이미 말해버렸으니까. 나는 에밀리의 차가운 미소에게서 도망치듯이 고개를 숙였다.

지금은 마스크와 위장 장비를 한 에밀리오라는 걸 떠올렸다.

"잘 부탁해요. 저는 [합성]과 [연금] 센스로 몹을 부리는 에밀리입니다."

"그런가요. 에밀리? 아니면 에밀리오?"

말로는 에밀리라고 했는데, 위장된 캐릭터명은 에밀리오라서 의아한 얼굴을 하는 레티아.

"그럼 에밀리와 에밀리오의 중간을 따서…… 리오라고……."

그건 분명히 애칭으로서 옳지만, 에밀리가 평소 불리는 이름과 다르기 때문에 본인은 미묘한 표정을 하였다.

"저기……. 가능하면 에밀리로."

"……? 알겠습니다. 그럼 에밀리. 저는 [조교]를 사용하는 사역술사라서 여러 차이가 있으리라 생각합니다. 뭐라도 먹으면서 이야기할까요?"

"그래……. 아주 재미있겠어."

뭔가 통하는 걸 느꼈는지 에밀리와 레티아는 서로 즐겁게 이야기를 나누기 시작했다.

라이나와 알은 근처 노점에서 산 음식을 레티아의 사역몹들에게 주면서 즐거워했다. 나 혼자서 조금 소외감을 느꼈다.

"어~이. 라이나와 알의 무기를 사——"저쪽에서 스테이지 쇼를 하고 있어! 가자!" …….”

여기에 와서 생각 없는 라이나가 재강림하셨다. 뮤우 때문에 익숙해졌으니까 괜찮지만, 처음에 두 사람과 만났을 때를 떠올리게 되었다. 살짝 한숨을 내쉬고 라이나와 레티아와 함께 뒤를 쫓아갔다.

야외 스테이지는 어느 정도 높게 만들어져서, 지금은 특색 있는 플레이어가 각자의 센스를 활용한 퍼포먼스를 하고 있었다.

"와아! 뭐야, 저거! 저런 게 가능해?!"

바로 지금 아츠의 연속 사용으로 공중 보행 같은 모습을 보이는 격투가 플레이어. 간츠와 같은 계통인 듯한 격투가 플레이어의 아츠의 대기시간은 아주 짧았다. 또한 거기에 아츠의 발동을 줄이는 센스까지 조합해서 어퍼컷의 점프 모션을 이용한 공중 보행을 성공시켰다.

그렇다고 해도——.

"이동하긴 하는데 한 번에 한 걸음이잖아."

오히려 아츠가 발동할 때마다 수직으로 상승하기 때문에, 추락 대미지라도 있을 듯한 높이까지 올라갔다.

그리고 뭔가에 신경을 빼앗겼는지 아슬아슬한 발동 타이밍에서 실패하는 바람에 스테이지에 구멍을 뚫고 그 밑으로 떨어졌다.
살아 있는 모양인지 구멍에서 손을 내밀고 흔들었지만, 곧바로 스테이지 밑에서 끌려 나왔다. 뚫린 구멍은 나무판자로 막아서 문제없이 다음 퍼포먼스로 이어졌다.
"뭐라고 해야 할까. 여러 가지가 있네."
도검 마니아들의 연무에서는 격렬한 칼부림의 응수로 무대를 끓어오르게 했고, 투척나이프 퍼포먼스에서는 협력자의 머리와 두 손에 사과를 놓고 멋지게 명중시켰다. 또한 이 사과는 다음 퍼포먼스인 작은 체구의 ATK 특화 플레이어의 악력으로 사과 주스로 변하여 스태프들이 맛있게 마셨다는 모양입니다.

●

"하아, 만족했어."
"그거 다행이군. 그럼 다음 장소로 갈까."
"다음 장소?"
"장비를 보러 가야지."
"이, 잊어버린 거 아냐!"
그 뒤에 스테이지의 퍼포먼스를 마음껏 즐긴 라이나와 알은 오늘의 목적 중 하나인 두 사람의 무기와 방어구를 구입하러 갔다.
도중에 레티아와 합류하여 퍼포먼스를 구경했지만, 슬슬

장비를 사러 가자.

"자! 저쪽에 인파가 생겼어! 분명 대단한 무기 같은 걸 파는 게 틀림없어."

라이나가 반쯤 얼버무리듯이 인파가 생긴 노점으로 돌격하였다.

"그런 강력한 무기는 옥션 쪽에 있을 테니까 거기는 아닐걸. 애초에 그런 장비는 20만 G로는 못 살 거야."

"가능하다면 내가 아는 생산직 플레이어의 가게에서 샀으면 싶은데."

"라이는 이미 듣는 척도 안 하네요."

나와 에밀리의 말에 알이 고개를 숙였다.

어느 틈에 레티아는 사라졌고, 뤼이의 머리 위에는 밀버드 나츠가 앉아 있었다.

"레티아는 어디에 있어?"

"방금 전에 노점에서 음식을 추가로 사오겠다고 했습니다. 표식 삼아서 밀버드를 남기고 간 모양이에요."

"하아, 레티아도 자유스럽군."

나는 관자놀이를 누르면서 한숨을 내쉬었다. 하지만 지금은 라이나의 뒤를 쫓아가야지.

인파를 가르며 앞으로 나아간 라이나를 쫓아서 뭘 파는 건지 모를 노점으로 다가갔다.

다가가면서 낯익은 초목 냄새를 깨달았다. 포션이나 환약 등의 소모품이다. 상대는 [조합] 센스를 가진 생산직일 거라고 생각했다.

"오늘 준비한 것은 플레이어가 죽어도 부활할 수 있는 [소생약]! 이걸 하나 400만 G에 팝니다! 그 외에도 효과 높은 포션을 준비했어요!"

"[소생약]이라……."

나보다 먼저 소생약을 완성시킨 플레이어가 있는 건 알고 있었다. 그러니까 나는 다른 사람이 만든 소생약을 보기 위해 라이나의 곁으로 다가갔다.

"소생약은 소생약인가."

"왜 그래, 윤?"

"아니, 아무것도 아냐."

라이나의 옆에 서서 [소생약]을 완성시킨 남자 플레이어가 가진 포션의 색깔을 보고 낙담했다.

한없이 옅은 핑크색——[열화소생약]이다.

슬쩍 속으로 한숨을 내쉬는 나를 보았는지, 상대는 내게 눈을 돌렸다. 왜 나를?

"거기 있는 건 [보모] 윤 씨가 아닙니까!"

"그 별명, 안 좋아하는데."

나를 [보모]라고 부른 [조합] 센스 유저인 남자를 향해 가볍게 눈썹을 찌푸려주었다.

남자가 커다란 목소리에 연극조의 몸짓을 하는 걸 보니 왠지 열 받았다.

"윤 씨는 효과 높은 포션을 만들기로 유명한 [아트리엘]의 주인! 어떻습니까, 내 소생약은!"

"어, 어어, 응. 괜찮지 않아?"

내가 완성한 소생약과는 명백히 다른 열화품이지만, 못 쓸 것은 아니다.

"그렇습니까, 그렇습니까! 이거 내가 OSO 최고의 [조합] 센스 소유자라고 말해도 좋을지 모르겠군요! 어떻습니까, 내 포션은!"

그렇다고 해도 열화 소생약 하나에 400만 G라니 가격도 안 맞는다. 조금 더 가격을 낮추지 않으면 아무도 안 사겠지.

"뭐야, 이 포션. 윤 씨가 만든 것보다 효과가 낮잖아. 뭐가 잘났다고."

"그만둬, 라이나. 자, 가자."

"그래도 돼?! 저렇게 멋대로 떠들잖아! 분하지 않아?!"

솔직하게 말하자면 아무래도 좋다. 나는 딱히 최고의 생산직 같은 자리에 흥미 없다.

"게다가 저렇게 비싼 가격을 붙이고! 이상하잖아!"

"하지만 이번 것은 이상하지 않은 가격이야."

그렇게 말하며 라이나의 말에 설명하는 에밀리. 아마 실패하다가 비용이 치솟은 거라고 예상하였다.

"생산 아이템을 파는 경우, 생산 플레이어는 이익을 얻어야만 하잖아?"

"그래도 저 가격은 폭리야."

"그는 소생약의 소재인 [도등화의 꽃잎]을 다른 사람에게 구입해서 연구를 거듭한 결과, 저걸 만들어낸 모양이야."

에밀리의 말처럼 연구가 길어지면 그 개발비용만큼 완성된 포션에 개발비를 얹어야만 한다.

내 경우는 내 밭을 만드는 것에 초기 투자비용이 들었지만, 수작업으로 조합하면서 가격을 낮추려고 노력한 끝에 고품질의 포션을 만들었다.

딱히 이 노점에서 팔리는 포션이라고 효과와 가격이 맞지 않는 건 아니니다. 선량한 생산직 플레이어지만, 소생약의 개발에 걸린 비용을 회수해야 한다는 생각이 있겠지.

이번 경우는 그 개발비를 얹은 결과가 저것이다.

그렇게 설명하자 다소 불만스러워하면서도 라이나가 입을 다물었다.

"뭐야, 너무하잖아. 실패하면 얼마든지 가격을 높게 매길 수 있단 소리잖아."

"가격이 비싼 거랑 팔리는 거는 달라. 다른 누군가가 저것보다 싸게 만들 수 있으면 저건 안 팔려. 그렇게 자연스럽게 적정 가격이 내려가니까."

"그럼 싸게 만들 수 있는 윤 씨가 왠지 대단한 플레이어로 보이네. 처음에는 서바이벌을 하는 사람이란 이미지가 강해서 대체 뭘 하는 건지 몰랐지만."

"알. 나는 대단하지 않지만, 너희가 나에 대해 가진 인식을 잠시 캐묻고 싶은 기분이 들었어."

"그렇지. 우리 장비 이야기가 있었지! 에밀리 씨, 무기를 파는 가게로 안내해줘요."

"알았어."

곧바로 화제를 돌리는 라이나의 말재주는 장점이라고 생각했다. 잘도 도망쳤구나 싶어서, 나는 한숨을 흘리면서도 쓴웃음을 지었다.

벌써 방금 전의 일을 잊고 어떤 장비를 살지 알과 함께 생각하기 시작하는 라이나.

어느 틈에 대량의 음식을 든 레티아와 합류하여 군것질을 하면서 에밀리의 지인이 한다는 노점에 도착했다.

"어, [소재상]! 어쩐 일이야?"

"초심자를 좀 돌봐주고 있어서 두 사람에게 새 장비를 선물할까 하는 참이야."

에밀리가 말을 건 상대는 마른 여성과 키 큰 소녀, 똥똥한 남성의 3인조 생산직이었다.

각자가 다른 생산 분야로 만든 아이템을 가져와서 이 노점에서 파는 모양이었다.

"멋진 개그 무기가 많이 있군요."

"바로 그렇지, 거기 아가씨!"

20대 후반의 똥똥한 남자가 엄지를 번쩍 쳐들기에, 음식이 담긴 종이봉투를 한손으로 껴안고 반대쪽 손으로 마찬가지 사인을 보내는 레티아.

진열된 아이템에는 통일감이 없어 보였지만, 예산과 대략적인 전투 스타일을 전달하자 남성 플레이어와 라이나, 알, 에밀리가 서로 의논하면서 정해갔다.

“시간이 걸릴 거 같으면 적당히 구경하고 있을게. 먼저 예산 10만 G 줄 테니까.”

“그래, 윤한테는 힘들지도 모르니까.”

그건 암암리에 여자의 쇼핑은 길다고 하는 말일까. 분명히 여동생인 뮤우와 세이 누나 덕분에 경험했지만 꽤나 힘들었으니까, 그만큼 자유롭게 있을 수 있는 건 고맙다.

그렇게 구경한 노점의 아이템은 개인의 취미가 반쯤을 차지하는 것인 듯했다.

“이거 멋진 무기네요.”

“그래? 이건 아무리 봐도…….”

아무리 봐도 배척 같은 것이다. 용도는 때리기, 찌르기, 끌어당겨서 넘어뜨리기 등, 여러모로 편리한 무기라고 하지만, 미묘한 길이와 구부러진 형태 때문에 쓰기 불편하다. 또 끝부분이 붉은 페인트칠이 된 것이 묘하게 생생한 느낌이었다.

그 외에도 노란색 헬멧 등 판타지의 이미지를 박살내는 개그성 장비 등이 많았다.

이건 남성 플레이어의 취미고, 마른 여성과 키 큰 소녀가 취급하는 것은 평범했다. 그리고 가게 한구석에는 에밀리가 위탁 판매하는 소재가 진열되어 있었다.

거기에는 여섯 가지 색깔의 돌――속성석이 있었다.

소비하면 대응하는 속성 마법의 위력을 일시적으로 올리는 소비 아이템인데, 나한테는 다른 용도가 있다.

대응하는 속성을 무기 또는 방어구에 인챈트하는 〈엘리먼트 인챈트〉 스킬이다. 아직 불명인 점이 많아서 실전에서 한 번 썼을 뿐이지만.

"죄송합니다. 이 속성석을 각각 20개씩 살 수 있을까요?"

그렇게 말하여 구입했다.

"예이. 5등급 속성석을 각각 20개 말이지. 여기."

전에 에밀리와 물물교환 했을 때 받은 것은 4등급이었을 텐데, 5등급은 그보다 꽤나 쌌다.

이건 [연금] 센스의 〈상위변환〉 스킬로 4등급으로 만들 수 있을까. 아니면 한 차례 〈하위변환〉해서 원래 소재를 조사해서 내가 만들어볼까. 고민하고 있자, 과일을 먹으면서 이쪽을 바라보는 레티아의 시선을 깨달았다.

"""……지이이."""

"…………."

"""지이이이이이이이."""

"……뭐, 뭐야, 레티아?"

"아뇨, 두 사람의 장비는 이미 결정된 모양입니다."

"어?"

레티아가 가리키는 방향을 돌아보니 기쁜 표정을 하는 라이나와 쓴웃음을 짓는 알이 있었다.

생산직과의 프렌드 등록을 끝마쳤다.

두 사람의 장비는 새로운 것으로 갈아입어서 인상도 꽤나 변했다. 촌스러운 초심자에서 일단 모험가다운 인상이 되었다.

“둘 다 장비가 많이 바뀌었네. 멋져 보여.”

“흐흥. 그렇지! 두 사람이 돈을 내줬지만, 모자라는 건 우리가 조금씩 모은 돈으로 보탰으니까!”

그렇게 말하며 자기 팔에 장착된 버클러를 기쁜 듯이 쓰다듬는 라이나. 무기는 가볍게 휘두를 수 있는 단창으로 바꾸었고, 방어구 쪽은 남색으로 물들인 가죽갑옷을 입었다. 디자인 쪽으로는 다소 멋이 없지만, 기능과 능력 우선이라서 본인은 만족하였다.

알 쪽은 완전히 방어구를 뒤로 미루고, 오래된 색깔의 지팡이와 목에는 INT 스테이터스 보정이 높은 종류의 액세서리를 착용하였다.

전위의 경갑옷 창잡이에 스탠더드한 마법사라는 두 사람의 조합에 서로를 돕는 거리감도 생각한 모양이었다.

“이제 초심자라는 소린 안 듣겠네.”

“라이, 또 그렇게 으스대고.”

또 쓴웃음을 짓는 알. 하지만 그도 자신의 새로운 장비를 시험해보고 싶은 마음이 있는지 들뜬 기색이 엿보였다.

그리고 두 사람은 마을 전체에 울리는 목소리에 눈을 반짝였다.

[오늘 이벤트에 참가해주신 모두에게 비밀기획을 알려드립니다! 이제부터 마을에 몹을 풀 테니까, 그걸 사냥하세요——헌팅의 시작입니다!]

울리는 건 리리의 목소리. 리리가 비밀리에 진행했던 이벤트 기획은 이것이라고 나는 이해했다.

2장　비밀기획과 긴급 퀘스트

[이벤트 첫날의 핵심기획인 몬스터 토벌은 일단 우리가 준비한 범위에 몹을 소환하겠습니다! 그걸 쓰러뜨린 숫자가 일정 이상인 파티에는 상품으로 액세서리를 하나 증정합니다. 장소는 동서 성문 앞에서 합니다! 도중 참가 자유. 이 에어리어에서의 공투 페널티를 해제하겠습니다. 다만 제2, 제3마을 도달 정도의 스테이터스가 조건이니까, 열심히 참가해주세요!]

리리의 말을 들어보면 어느 정도의 강함이 필요한 모양이었다.

지난번에 [리리의 목공점]에서 몹이 폭발한 사고를 경험했으니까, 그렇게까지 강한 것도 아닌 모양이지만 아무래도 소환한 몹의 강함을 조절할 수는 없겠지.

"액세서리! 그럼 참가하지 않을 수 없어. 가자, 알!"

"그래! 라이, 장비가 강해졌으니까 시험해봐야지!"

"어이, 너희들!"

나는 뛰어가려는 두 사람의 목덜미를 붙잡아서 제지했다.

"이번에는 포기해. 레벨이 다르잖아."

"윤? 어떻게 알아?"

그야 내가 거기에 관여했기 때문이다. 그게 이런 형태로 나타나면, 금방이라도 전체적인 모습을 파악할 수 있다.

모인 인파의 흐름에 따라 동서의 성문 앞으로 이동하는 참가 플레이어. 그중에서 구경하려는 플레이어들은 상공에 표시된 스크린을 올려다보았다.

동서 성문의 앞에 준비된 공간은 같은 간격으로 [어떤 것]이 배치되었고, 그 바깥쪽에도 몇 겹으로 그게 설치되어 불이 켜져 있었다.

향 같은 냄새에 익숙하지 않은 사람은 얼굴을 찌푸렸지만, 이게 뭔지 아는 나는 말하였다.

"——[제충향]인가. 역시 그 벌레인가."

"[제충향]이란 게 뭡니까?"

레티아가 몰라서인지 고개를 갸웃거렸지만, 에밀리는 내가 만들던 것을 알고 있다. 하지만 설마 이런 식으로 사용되리라고는 생각하지 않았겠지.

"소환몹을 곤충 계열로 한정하고, 이렇게 곤충 계열 몹을 쫓아내는 아이템을 같은 간격으로 배치하면 특정 공간에 몹을 붙들어놓을 수 있다는 소리네."

설마 몹과의 인카운트를 회피하는 아이템을 이런 식으로 사용하다니, 발상의 역전이다.

"그리고 소환된 몹은 제2, 제3마을 도달 정도의 난이도라고 했잖아. 그 아이템의 입수 장소는 [미궁마을]의 던전이야. 그러니까 지금 두 사람한테는 무리야."

부탁이니까 지금은 그냥 구경만 해줘, 그렇게 덧붙이자 두 사람은 납득하고 사과하였다.

"저기, 또 돌진하려는 걸 막아줘서 고마워. 그리고 미안."
"저도 들떴네요. 라이를 잘 막아야 하는데. 죄송합니다."
두 사람 다 힘없이 고개를 숙였기에 그 사죄를 받아들였다.
"이번에는 적당히 주스라도 사서 구경하자. 내가 살 테니까."
"그렇습니까? 그럼 저는 메가 양동이 믹스 주스를 다섯 개."
"너는 사양이라는 것 좀 해봐. 레티아."
나와 배곯은 엘프의 모습을 보며 가볍게 웃는 에밀리를 따라서 라이나와 알도 웃었다.
선언한 대로 내가 주스를 사고 인벤토리 안에 넣어두었던 과자를 꺼내어, 남들에게 방해되지 않는 구석자리에서 공중에 나타난 스크린을 올려다보았다.
시야가 가릴 정도로 태우는 [제충향]의 중심에서는 검은 돌멩이로밖에 보이지 않는 [검은 빛의 스피어]가 산더미만큼 쌓여 있었다.
그 옆에서 마법을 발동시키면 검은 돌멩이가 일제히 검은 곤충형 몸으로 변한다.
이전에 리리가 마을에서 폭발시켰을 때에는 느긋하게 관찰할 틈도 없었지만, 곤충형 몸의 모습은 눈물 모양의 머리 중앙에 보석처럼 투명도가 높고 눈에 띄는 색깔의 결정이 있었다. 또한 몸 쪽은 커다란 머리에 가렸지만, 검은 껍질로 뒤덮였고 관절이 있는 다리가 달렸다. 꼬리에는 더 많은 관절이 있고, 끝부분에는 길쭉한 가위가 달려 있었다. 그런 몸을 떠받치는 여섯 개의 강인한 다리가 지면을 튼튼히 붙잡고 꼬리의 가위를 찰칵대며 위협하였다.

그것이 차례로 나타나서 좁은 공간을 가득히 메웠다.

"저렇게 모여 있으면 기분 나쁘네. 왠지 안 가길 잘 했다는 느낌이야."

"저걸 어떻게 상대해? 반대로 저렇게 밀집해 있으면 마법으로 쓸어버릴 수 없어?"

"아직 시작도 안 했잖아. 아마 배치된 [제충향]은 안쪽부터 순서대로 효과가 사라지고 곤충형 몹이 점점 퍼지는 거 아닐까?"

내가 설명을 맡아서 두 사람은 즐겁게 구경하였다.

하지만 다음 순간 마을이 조용해졌다.

——긴급 퀘스트 [마을 강습]이 마을에 발생하였습니다. 마을에는 복수의 보스몹이 배치되고, 퀘스트 종료까지 공투 페널티는 해제됩니다. 속성 레벨은 모든 플레이어에게 적용되며, 일정 숫자의 토벌에 따라 입상하게 됩니다. 또한 입상자에게는 한정 아이템이 준비되어 있습니다.——

이건 운영의 공식 이벤트 안내문이다. 내용은 모든 플레이어 참가형의 긴급 퀘스트. 이걸 듣고 내가 느낀 것은 생산직들의 이벤트와 공식 긴급 퀘스트가 동시에 발생하리라는 막연한 불안이있다.

하지만 그것조차 개의치 않고 방금 이벤트에 참가하지 않앉던 플레이어들이 부산스럽게 일어나며 무기를 들었다.

공식 긴급 퀘스트에는 레벨의 제한이 없기 때문이다.

각자가 무기를 들고 이제나저제나 하는 마음으로 긴급 퀘스트의 몬스터를 기다렸다.

"저기, 이번에야말로 참가해도 되지? 우리가 할 수 있는 건 할래."

"그, 그래, 적정 레벨로 보면 문제없겠지."

그렇게 말하고 이번에야말로 새롭게 구입한 무기를 휘두르며 기뻐하는 쌍둥이. 하지만 본래 예상하지 않은 사태에 참가시켜도 괜찮을까 싶어서 불안해졌다.

"일단 파티를 짜긴 했지만, 파티 구성은 어떤 식으로 하나요?"

알의 의문에 나와 에밀리가 파티로 최대한 거들어주면 된다는 사실을 깨달았다.

"평소처럼 나랑 윤이 둘을 원호할게. 너무 나서진 않겠지만, 죽기 않을 정도로는 지원할게."

"그럼 레티아는 참가——"함께 싸우겠습니다."——할 거야?"

고개를 끄덕이는 레티아. 레티아의 전투법을 모르는 우리가 갑자기 연대할 수 있을지 불안해졌다.

"레티아도 싸울 거라면 알았어. 그럼 생각을 맞춰보고 가자."

내 불안을 무시하고 레티아와 에밀리가 순서대로 긴급 퀘스트에 대한 생각을 말하고, 나도 연대나 아이디어에 대해 보충했다.

라이나와 알에 대한 인챈트 지원은 없음. 회복 아이템으로 회복 없음. 옆에서 덤벼드는 몹이라면 쓰러뜨리지만, 두 사람이 노린 사냥감에는 손을 대지 않는다.

그 사실을 라이나와 알에게 전하자 의연히 의욕을 내었다.

"그러면 간다!"

팔에 장착한 버클러를 앞으로 내밀듯이 비스듬히 선 라이나와 지팡이를 두 손으로 움켜쥐는 알.

그리고 긴급 퀘스트의 카운트다운이 시작되는 가운데, 공중에 표시된 스크린에는 비밀기획의 검은 곤충 몹의 집단이 서서히 퍼지기 시작하였다.

"어?! 진짜야?"

누군가의 목소리. 동시에 이벤트 두 개가 시작되는 바람에 비밀기획과 긴급 퀘스트가 공유될 거라고 생각했겠지. 나도 처음에는 그렇게 생각했다.

하지만 현실은 달랐다.

[3, 2, 1…….]

카운트다운이 진행되는 가운데 스크린에 비친 검은 곤충 몹이 소환으로 숫자를 불렸다. 정해진 범위에서 밀도를 늘리는 가운데, 처음에 느낀 막연한 불안이 급속하여 형태를 갖추었다.

'——위험해, 위험해, 위험해. 애초에 긴급 퀘스트의 어디

에 공유할 수 있다는 근거가 있지?'

스크린에 비친, 이벤트 실행의 생산직 플레이어들이 황급히 움직이는 가운데 드디어 그때가 왔다——.

"곤충이 도망쳤다."

긴급 퀘스트의 보스인 중형 몹이 마을 어딘가에 여럿 나타나고, 이어서 그 부하인 잡몹이 나타났다.

먼저 출현했던 검은 곤충 집단과 긴급 퀘스트의 보스나 잡몹의 출현 위치가 겹쳐서 대혼란을 빚었다.

"싸울 수 없는 플레이어는 중앙으로 도망쳐! 싸울 수 있는 플레이어는 앞으로 나서! 몹의 진행이 시작된다!"

누군가의 노성이 울렸다.

본디 검은 곤충 몹의 무리는 [제충향]이 만들어내는 영역에서 나갈 수 없다. 또 불이 켜진 [제충향]이 파괴되지 않도록 사람도 배치하였다. 하지만 마을의 긴급 퀘스트로 나타난 다종다양한 종류의 몹이 [제충향]의 효과를 받지 않고 [제충향]의 일부를 파괴하는 바람에 해방된 곤충과 함께 마을 쪽으로 밀려들었다.

그 뒤로는 강자도 약자도 뒤섞인 대혼전이 시작되었다.

이벤트라서 사람이 많이 있는 마을. 게다가 노점이나 행상이 길을 더욱 좁게 만들어서 플레이어의 행동을 방해하고, 거기에 아랑곳 않고 몹들이 밀려들었다.

적정 상대가 아닌 검은 곤충형 몹에게 당한 사람은 마을 광장에서 되살아나서 차례로 밀려드는 몹을 데스 페널티 상태로 대처하였다.

"완전히 베타판의 좀비어택이네."

"좀비어택?"

"그래. 베타판에 있었던 마을 방어이벤트에서 밀려드는 몹에게 쓰러진 플레이어는 데스 페널티 상태로 돌격. 부활하고 또 돌격을 거듭했어. 그렇게 상대에게 조금씩 대미지를 입히는 방법이야."

에밀리의 설명에 나도 그 이야기의 기억을 떠올렸다. 분명히 화살이 떨어진 [활] 센스 소유자가 그런 행동을 했다던가. 그런 경위로 [활] 센스가 인기 없는 쓰레기 센스 취급을 받았다.

그런 상황에서도 국지전으로 버티는 장소도 있었다.

[생산직 여러분! 이런 해프닝에서 우리의 이벤트가 무너져도 좋아?! 지금부터 우리도 맞서 싸우자!]

[[[우오오오오!]]]

[전원 돌격!]

"마기 씨, 클로드……."

하늘에 떠오른 스크린에 우연히 비친 것은 이 이벤트를 주최한 [생산 길드]의 생산직들. 그중에서 길드마스터의 입장에 있는 마기 씨가 모두에게 호령을 넣으며 마을에 넘쳐나는 적 몹을 쓰러뜨렸다.

"그래서 어떻게 할 겁니까? 수비에만 전념합니까?"

"레티아. 그렇군……."

나는 살짝 시선을 내렸다.

마기 씨 일행도 싸우고 있다. 또 다른 플레이어도 지금 이 순간 싸우고 있다. 이런 해프닝에 모처럼 만든 이벤트가 망가질 순 없다. 그러니까 나는——.

"——라이나와 알을 도우면서 가능한 범위로 몹을 쓰러뜨리자. 이 이상 혼란을 키우지 않기 위해."

"알았어. 그렇긴 해도 이 혼전 상태로는 내 합성몹과 연금몹은 아군의 표적이 될 수도 있으니 쓸 수 없어."

"그렇다면 전력이 안 되는 뤼이와 자쿠로를 불러낸 상태면 안 되겠군. ——〈송환〉!"

"그럼 큰길이 아니라 샛길로 들어간 장소에서 기다리는 게 좋겠지."

그거라면 괜찮을까 싶었다.

적 몬스터는 마을에 퍼졌기 때문에 가장 큰 동서남북의 대로에 몹의 숫자가 집중되었지만, 그만큼 플레이어도 많다. 우리는 샛길로 들어가서 눈에 띄는 대로 격파하는 걸 선택했다.

"피라미는 우리가 최대한 해치울게. 가자, 알!"

"아, 알았어!"

라이나의 목소리에 알이 고개를 끄덕이자, 라이나는 기합 소리를 내면서 제일 가까이에 있는 약한 몹을 새로운 단창으로 찌르고 베었다.

알도 지지 않고 도망칠 곳이 적은 샛길에서 마법을 발동시켜서 대미지를 입혔다.

"나츠와 아키는 적의 수색과 견제. 후유는 검은 곤충을 찾는 대로 공격. 하루는 방해하는 적을 막아주세요."

레티아가 네 마리의 사역몹에게 지시를 내렸다.

초식동물인 하루는 그 푹신푹신하니 탄력 있는 털로 적을 막고 충격을 흡수한다. 그렇게 막은 틈에 벽을 박차며 뛰어오른 페어리팬서 후유가 요정의 날개로 활공하여 적을 위에서 짓밟는다.

밀버드 나츠와 위스퍼 아키가 상공에서 8자 모양을 그리며 칼날바람과 불로 견제한다.

"좋아! 거기군!"

나는 활로 겨냥하여 쏘았다. 건물 위를 달리는 검은 곤충의 이마를 꿰뚫자, 곤충은 샛길로 떨어져서 빛의 입자로 변해 사라졌다.

"또 옵니다!"

"오케이!"

마찬가지로 건물에 달라붙어서 찰칵찰칵 입과 꼬리를 울려대는 검은 곤충에게 화살을 날려 꿰뚫었다. 그중 한 마리가 붙어 있던 벽을 박차고 라이나와 알 쪽으로 향했다.

"에밀리, 부탁해!"

"알았어."

뽑아든 연접검을 늘어뜨리고 한번 휘두르자, 늘어난 금속 파편과 심지인 와이어가 검은 곤충에게 얽혀서 지면에 떨어뜨렸다.

“그대로 졸라서 삼켜버려!”

늘어난 연접검의 손잡이를 비틀자, 휘몰아치는 듯한 소리가 나며 그 몸의 표면을 기듯이 와이어가 죄어들고 금속 파편이 검은 곤충을 서걱서걱 베어냈다.

조르기의 지속 대미지와 금속 파편의 대미지는 검은 곤충의 부드러운 부분에 강하게 파고들어서 베어낸 끝에, 결국 빛의 입자로 바꾸었다.

“멋지군요, 에밀리 씨.”

“파티플은 처음이지만 레티아도 제법이네.”

“둘이서 서로 칭찬하는 것도 좋지만, 쌍둥이를 돕는 것을 잊지 마.”

레티아와 에밀리가 서로의 행동을 칭찬하였다. 나는 화살을 계속 날리면서 그걸 지적하여 쌍둥이의 보호로 되돌렸다.

쌍둥이는 아직 주위를 보며 싸우는 것에 익숙하지 않았지만, 레벨 같은 스테이터스로는 충분히 잡몹을 압도할 수 있을 터였다. 하지만 눈앞의 적에게 바로 달려드는 바람에 모여든 잡몹들에게 포위되고 있었다.

“라이나와 알이 쓰러뜨릴 몫을 남기면서 정리할까.”

“어디 애 좀 써볼까.”

“그러죠.”

내가 서서히 늘어나는 몹이나 무리에 섞인 검은 곤충을

보며 한숨을 내뱉자, 에밀리가 쓴웃음을 짓고 레티아가 네 마리의 사역몹에게 지시를 내렸다.

●

몇 마리 쓰러뜨렸을까. 얼마나 시간이 흘렀을까. 마을에서 조금 벗어난 휴식의 광장 같은 공간에 도달해서 발을 멈추었다.

적을 쫓아서 샛길 안쪽으로 들어간 라이나와 알을 쫓아가서 도달한 광장 중앙에는 보스 몹이 한 마리 있었다.

"――포레스트 베어!"

라이나의 목소리에 알은 숨을 삼켰다.

이전에 라이나를 습격했던 중형 몹이다. 하지만 그 덩치는 3미터를 넘고 갈고리발톱을 가졌으며 온몸의 털은 붉은색. 말하자면 포레스트 베어의 아종이겠지.

포레스트 베어는 공식 긴급 퀘스트의 보스니까 난이도는 그렇게 높지 않지만, 추억 보정이 있는 건지 함부로 발을 떼지 못했다.

한편, 두 사람을 도우려고 뒤에서 지켜보는 우리 셋은 다른 생각을 하였다.

"이렇게 적이 많이 나오는 걸 보니, 나는 초반에 나오는 보스가 떠오르네. 어느 게임에서도 흔히 나오는 패거리만 많지 그리 강하지 않는 보스라든가."

"나는 털 색깔 차이를 보고 색깔만 바꾸어서 몬스터 가짓수를 늘리는 잔꾀를 생각했어. 분명히…… 색깔을 바꾸고 명확한 차이로 스테이터스 강화나 행동 패턴을 변화시킨 보스라면 보스의 역할을 충분히 다할 수 있지 않을까?"

"저걸 쓰러뜨리면 곰찌개의 재료가 나올까요?"

저마다 각자 자유로운 생각을 하였다. 참고로 나, 에밀리, 레티아의 순서로 한 발언이다.

그 정도로 이 적에게서는 위협이 느껴지지 않았다.

"왜 그렇게 긴장감이 없나요!"

"아니, 알. 그게 말이지."

쉽사리 쓰러뜨릴 만한 보스를 왜 두려워하는데? 그런 시선을 알에게 보내는 우리.

그 동안에도 먼저 나선 라이나가 단창을 양손으로 들고 휘둘러서 검은 곤충을 몇 마리 한꺼번에 쓰러뜨렸다.

"적이 움직였어, 윤."

"커버하자! 라이나와 알은 어느 녀석을 노릴래?!"

"물론 보스야! 우리가 쓰러뜨릴 거야!"

의욕을 내는 라이나와 그 뒤에서 비명을 지르는 알. 뭐, 여자 형제에게 휘둘리는 건 남자의 숙명이라고 생각하고 받아들여. 나는 받아들였다.

속으로 알에게 응원을 보내면서 벽을 뛰어넘어 광장으로 모여든 검은 곤충들을 화살로 꿰뚫었다.

레티아는 네 마리 사역몹의 연대, 그리고 자신도 근접전을 벌여서 검은 곤충들이 라이나와 알의 뒤로 다가가지 못하도록 하였다.

에밀리는 연접검을 자유자재로 다루어서 라이나와 알의 좌우에서 덤벼드는 적만 처리하다가 때때로 놓아줘서 두 사람에게 상대시켰다.

"나 참, 꽤나 스파르타잖아, 에밀리."

"하지만 너무 오냐오냐 해줘도 안 되잖아!"

적절한 훈련은 좋다. 보스 눈앞까지 돌진한 라이나와 알. 나와 에밀리는 서로 등을 맞대고 준비했다.

"보통 이런 상황은 핀치일 텐데 위기감이 전혀 안 들어."

그렇게 말하며 내가 화살을 재빠르게 메기는 속사로 순식간에 숫자를 줄이자——.

"어느 쪽이냐면 나는 무쌍 게임 같은 감각이야. 무장을 조종하는 그거."

에밀리는 그렇게 말하며 연접검을 장검 상태로 되돌려서 검은 곤충을 단칼에 베었다.

서서히 적은 줄어들었지만, 아직 끝은 보이지 않았다. 비밀기획과 긴급 퀘스트를 다 정리하기 위해선 검은 곤충 몹과 마을에 배치된 보스 몹을 전부 쓰러뜨려야만 한다.

"뭐, 페이스를 조금 올릴까. ——〈연사궁 2식〉!"

나는 튀어오른 두 마리의 몹을 향해 화살을 메겼다. 두 대의 화살을 연속으로 날리는 아츠는 레벨 상승에 따라 더욱 변화가 있었다.

대기시간의 단축, 아츠 자체의 단축으로 순식간에 두 대의 화살을 날린다.

아츠로 강화된 시간차 없는 연사로 한층 강력한 탄막을 계속 유지한다.

결점이 있다면 화살이 떨어지면 보충해야만 한다는 점과 아츠의 연속 사용으로 MP가 소비되는 점. 이 두 가지는 소모품인 화살의 플러스 보정과 평소에 남아도는 MP를 사용하기 때문에 짧은 시간이라면 문제는 없다.

아이템이나 레벨로 커버할 수 없는 결점이라면 아츠의 반동으로 움직일 수 없기 때문에 발사각이 한정된다는 점이겠지. 하지만 지금은 에밀리가 뒤를 지켜준다.

"나도 하지――〈크래킹〉!"

머리 위로 높게 쳐든 연접검이 크게 구불거리고 그것을 휘둘렀다.

채찍처럼 돌바닥에 휘두른 검은 충격파를 만들어내고, 부딪친 지점부터 부채꼴로 대미지를 주었다.

마비효과를 가진 소리의 대미지. 본디 [채찍] 센스의 아츠지만, [검]과 [채찍]의 양쪽 성질을 가진 복합 파생 무기 특유의 사용법이다.

금속 파편으로 찢고, 장검으로 되돌려서 베고, 채찍의 아츠를 사용한다는 다채로운 공격 방법을 보였다.

"에밀리! 머리 위!"

레티아의 목소리가 울리는 가운데, 나와 에밀리의 머리

위에 검은 그림자가 드리워졌다.

반사적으로 검은 곤충이 뛰어든 것이었다. 여섯 개의 다리를 벌리며 이쪽을 짓밟으려고 들었다.

보통은 간단히 피하겠든가 쏴버리겠지만, 아츠의 연속 사용의 반동으로 움직일 수 없고, 또 발사각이 제한되어서 머리 위로는 화살을 쏠 수 없다.

“나한테 맡겨! 하아압!”

에밀리가 연접검을 머리 위로 쳐들자, 와이어와 금속 파편이 곤충에게 얽혔다.

그대로 검자루를 두 손으로 들고 옆으로 휘두르자, 금속 파편이 검은 곤충의 몸에 파고들더니 스파이크의 역할을 하였다.

거기에 이끌려 휘둘린 검은 곤충은 돌바닥에 부딪쳐서 커다란 대미지를 입었다.

하지만 또 그 위에 검은 곤충이 있었다. 앞다리의 끝을 쳐들었다. 발톱 공격은 낙하의 기세를 타고 위력을 더하며 날아들었다.

나는 아츠의 반동으로 아직 움직일 수 없다.

에밀리는 첫 몹을 패대기쳤을 뿐이지 아직 숨통을 끊지 못했다. 함부로 구속을 풀었다가 라이나와 알 쪽으로 몹이 가기라도 하면 곤란하니까 움직일 수 없다.

레티아도 라이나와 알에게 방해되는 몹을 우선해서 처리하기 때문에 손이 닿지 않는다.

"제길……. 뭐, 죽진 않겠지."

한 대 맞고 자세를 가다듬는 데에 시간이 걸리는 게 귀찮다. 그렇게 생각하면서 검은 가위의 공격을 얌전히 받——는 일은 없었다.

"——〈솔 레이〉! 또 한 마리 발견!"

건물을 타고 이동할 수 있는 검은 곤충과는 대조적인 하얀 그림자가 머리 위에서 뛰어내렸다.

손끝에서 레이저 광선을 쏘아 검은 곤충을 옆에서 꿰뚫더니 벽을 박차듯이 방향을 바꾸어서 벽을 이동하며 도망치는 검은 곤충을 베었다.

"뮤우!"

"보스는 이미 빼앗겼지만, 아직 손 안 댄 몹이 많아. 자, 그 커다란 강아지를 해치우기 위한 밥이 돼!"

"……뮤우. 지붕 위의 적은 쓰러뜨렸습니다. 갑니다!"

"알았어. 조금 더 돌고 루카네랑 합류하자. ——〈라이트 웨이브〉!"

지면에 내려온 뮤우는 건물 위에 선 토우토비와 대화하였다. 그러더니 좁은 뒷골목으로 범위공격 마법을 발동하고 그대로 돌격하였다.

"뭐였지……. 지금 그거?"

"여전히 윤의 여동생은 씩씩하네."

나와 에밀리는 뮤우가 돌파한 장소를 한동안 바라보았다.

그리고 다시금 건물 사이에서 뮤우가 튀어나오는 것을 보고 [행동제한해제] 센스를 이용한 삼차원 입체동작과 벽을 박차면서 마을을 이동하는 거라고 왠지 모르게 이해했다.

분명 위에서 내려다볼 수 있으면 빠르고 효율적이라고 생각했겠지. 토우토비도 태연하게 건물 위를 뛰면서 이동하였다.

"왠지 난 머리가 아파와."

"현실 도피 하지 마. 아직 보스가 남아 있어!"

"그렇지! 라이나랑 알!"

고개를 돌려 보스인 포레스트 베어 아종을 보니, 라이나가 팔에 착용한 버클러를 앞으로 내밀고 버텼다.

라이나는 수비 중시, 알이 공격의 핵이 되어 보스의 HP를 착실하게 깎았다. 그리고 자신들의 HP와 MP 관리에 신경 쓰면서 싸우고 있었다.

"시간을 들이면 쓰러뜨릴 수 있겠지만, 그 전에 우리 주위의 몹이 없어지겠어."

"어쩔 수 없지. 전투시간 단축을 위해 지원을 할까. 라이나! 알! 서포트 들어간다!"

"최소한으로 해!"

눈앞의 포레스트 베어에 대한 복수심에 불타는 라이나가 내 목소리에 대답하는 걸 들으면서 '정말 지기 싫어하는구나'라고 느꼈다. 가능하면 우리도 직접 나서고 싶지만, 오래 끌게 할 수도 없다.

뭐, 쌍둥이의 전투에는 직접 나서지 않는다.

"간다! 〈인챈트〉――어택, 디펜스, 스피드!"

라이나에게 물리 계열 인챈트를 걸고 스테이터스를 올렸다.

그리고 몇 초의 대기시간이 지나고 알에게 다른 인챈트를 걸었다.

"〈인챈트〉――인텔리전스, 스피드! 마지막은 덤이야. 〈엘리먼트 인챈트〉――웨폰!"

알에게는 마법공격 상승과 공격속도 상승 인챈트. 그리고 사용하는 속성에 대응하면 속성석을 깨뜨려서 대응속성을 강화시켰다.

"에잇――〈파이어 볼〉!"

"나도 간다! ――〈차지 랜스〉!"

알이 한층 커진 불구슬을 내던지고, 라이나가 그 뒤에 숨듯이 단창을 두 손으로 들고 힘을 모으는 자세에 들어갔다.

불구슬이 포레스트 베어에게 부딪혀서 몸을 훑듯이 퍼지며 대미지를 주었다. 불을 쳐내듯이 포레스트 베어가 굵은 팔을 휘둘렀지만, 몸을 낮추고 불 뒤에 숨듯이 달리는 라이나가 정면에서 창을 찔렀다.

"하아아압! 꿰뚫어라!"

기합을 넣은 돌격이 포레스트 베어의 배를 꿰뚫고, 포레스트 베어의 자세가 크게 무너졌다. 라이나는 달려온 기세 그대로 뒤로 돌아가더니 끌려가듯이 축 고개를 숙인 포레스

트 베어의 목에 단창을 꽂고 후비듯이 무기를 비틀었다.

그게 결정타가 되어서 포레스트 베어가 쓰러져서 빛의 입자로 변했다.

"좋아! 보스를 해치웠어!"

"아직 마을 강습은 끝나지 않았어! 다음 간다."

"그 전에 휴식. HP와 MP를 회복하고 가야지."

알의 기쁨의 말에 라이나가 기뻐할 틈도 주지 않고 나는 다음으로 점찍은 적에게 접근하려는 라이나와 알을 제지했다.

"보스를 쓰러뜨렸어도 곰발바닥이 드롭되지 않았습니다. 아종이니까 기대했습니다만……."

"레티아. 그렇게 슬픈 얼굴 하지 마. 자, 저번에 만든 과자들이 있으니까."

"예. 윤 씨, 이것저것 주셔서 좋아합니다."

거기에 맞춰서 울음소리를 내는 레티아의 사역몹. 위스프는 말을 못 하니까 불길의 깜빡임이나 색의 변화로 전달한다.

"윤, 완전히 음식으로 길들이고 있네."

"그럴 생각 없는데……."

맛있게 파운드케이크를 우물우물 먹기 시작하는 레티아.

마을 어디에서나 보이는 대형 스크린은 아직 공중에 떠 있고, 상황은 꽤나 변했다.

약한 보스는 마을 곳곳에 흩어졌고 검은 곤충도 거기에

섞이는 형태로 퍼졌기 때문에, 약한 적과 뒤섞인 장소는 생각만큼 토벌이 진행되지 않았다. 반대로 플레이어의 전력이 과다한 동서남북의 주요 대로는 이미 적의 토벌을 마쳤다. 노점의 수복과 그 뒤의 뒷골목 토벌 작전을 위한 전력 분할도 조직적으로 하였다.

그 중심이 미카즈치와 세이 누나의 길드 [팔백만]. [생산 길드]에서는 마기 씨를 시작으로 하는 전투 가능한 생산직이 조직적으로 움직였다.

타쿠 같은 실력파 파티 등은 그대로 곳곳에 흩어져서 조우전을 벌였다.

"자, 충분히 쉬었으니까 또 가고 싶은데!"

"그래. 그럼 사람이 적은 남쪽으로 이동하면서 적을 찾는 대로 쓰러뜨리는 건 어때?"

에밀리의 제안에 다른 모두가 반대 없이 고개를 끄덕였다.

"자, 가자!"

다시금 창을 들고 눈에 보이는 적에게 돌진하는 라이나에게 쓴웃음을 지으면서 우리도 뒤를 따랐다.

조금 전의 다수 배치된 보스 몹 중 하나인 포레스트 베어 아종을 쓰러뜨려서 쌍둥이의 레벨이 올랐는지, 적의 섬멸 속도가 오르고 전투 효율이 더욱 좋아졌다.

"이 정도면 슬슬 파티를 짜면 빅 보어나 블레이드 리저드를 쓰러뜨릴 수 있으려나."

"그래. 그럼 우리의 손을 떠나겠네."

서로 검은 곤충을 쓰러뜨리면서 중얼거리는 나와 에밀리.

그리고 삼십 분 뒤에 긴급 퀘스트 종료의 안내가 울릴 때까지 우리는 계속 싸웠다.

●

"이거나 먹어! 하압! 앗……."

——긴급 퀘스트 달성입니다. 수고하셨습니다. 지금 성적 집계 중이니 잠시만 기다려주세요.

라이나는 혼신의 찌르기를 날렸지만, 몹이 지워지듯이 사라지는 바람에 빗나간 자세로 동작을 멈추었다.

그리고 여태까지 계속 집중해서 싸웠기 때문에 지쳤는지, 숨을 헐떡이면서 그 자리에 주저앉았다.

"라이, 괜찮아?"

"괜찮아. 조금만 쉬면 돼. 그보다 알, 스테이터스를 봐. 단기간에 최대 5레벨이나 올랐어."

아직 숨을 헐떡이지만, 기쁜 듯이 말하는 라이나를 나도 미소와 함께 바라보았다.

나도 내 센스 스테이터스를 확인했다.

소지 SP 24

[활 Lv37] [장궁 Lv10] [매의 눈 Lv48] [속도상승 Lv28]

[간파 Lv13] [마법재능 Lv44] [마력 Lv48] [부가술 Lv22]

[조약 Lv28] [지 속성 재능 Lv19]

대기

[연금 Lv32] [합성 Lv33] [조금 Lv2] [수영 Lv13]

[생산의 소양 Lv34] [조교 Lv8] [언어학 Lv18] [요리 Lv26]

내 레벨과 지금 상대한 적 몬스터의 강함을 생각하면 거의 레벨이 오르지 않았음을 알고 살짝 한숨을 내쉬었지만, 어쩔 수 없다고 쓴웃음을 지었다.

에밀리도 비슷한 경과인지, 입가에 미묘한 미소를 짓고 있었다.

"윤, 수고했어."

"에밀리도 수고했어."

서로 인벤토리에 상비하는 음료를 꺼내어 마셨다.

대로가 보이는 샛길에 앉자, 마을 강습 퀘스트가 끝난 뒤에도 남아 있는 검은 곤충의 토벌과 이벤트 프로그램의 재작성, 노점의 준비 등, 다들 바쁘게 움직이는 게 보였다.

"윤 씨, 에밀리 씨, 보세요."

"왜 그래, 레티아. 에, 에엥?!"

레티아가 부르는 바람에 돌아보자, 거기에는 검은 곤충에게 깨물리고도 태연한 얼굴인 초식동물 하루와 그걸 마법으로 검은 곤충과 함께 붙잡은 밀버드 나츠와 아키. 또 만에 하나 검은 곤충이 날뛸 때에 레티아를 지키는 페어리팬서 후유가 있었다.

"뭐 하는 거야! 위험하잖아!"

"아뇨, 왠지 동료로 만들 수 있을 것 같아서."

라이나와 알은 지친 몸으로 일어서서 무기를 들었지만, 레티아가 중간에 끼어들어서 싸울 수 없었다.

그동안에도 무시하고 레티아는 검은 곤충으로 다가가서 이마의 결정을 만졌다.

"그럼 갑니다. ──〈테이밍〉."

조용히 중얼거리자 레티아의 손에서 푸르스름한 파문이 퍼졌다.

그것이 검은 곤충의 이마에 빨려들자, 초식동물의 모피에 붙들렸던 검은 곤충의 입이 서서히 풀어졌다. 붉게 빛나던 곤충의 눈동자가 푸른색으로 변하고, 검은 곤충은 천천히 하루에게서 떨어졌다.

"성공이네요. 라나 버그라는 종류의 몹입니까. 이름은 키사라기. 그러면 애칭은 라기네요. 잘 부탁해요."

그렇게 말하며 라나 버그 키사라기의 이마를 쓰다듬자, 어리광 부리듯이 입가를 찰칵거리며 소환석으로 모습을 바꾸었다.

"지금 불러내면 틀림없이 공격받을 테니까, 다음에 봐요. 라기."

손에 든 소환석을 향해 조그맣게 말한 레티아는 지쳤는지, 초식동물 하루에게 쓰러지듯이 푹신푹신 모피에 얼굴을 묻었다.

"어이, 괜찮아?"

"배가 고픕니다."

성대하게 배에서 소리를 내면서 이쪽으로 손을 뻗는 레티아. 나는 '나 참'라는 한마디를 하면서 근처의 수복된 노점에서 음식을 사와서 레티아에게 주었다.

일단 그걸로 움직일 힘을 확보했는지, 적극적으로 음식을 찾아다니기 시작했다.

레티아의 문제가 끝나고 다시금 라이나와 알에게 눈을 돌리자 레벨이 올랐는데도 복잡한 얼굴을 하였고, 에밀리가 난처한 것처럼 입가에 쓴웃음을 짓고 있었다.

"왜 그래?"

"레벨이 오른 건 좋은데, 여태까지 썼던 포션의 회복량이 떨어졌어. MP 포션은 변함없는 모양이지만. 알은 어때?"

"저요? 변함없어요."

"축하해. 그건 레벨 상승에 따른 회복 아이템의 회복량 저하야. 여태까지 초심자 포션을 썼잖아? 그럼 다음에 쓸 건 포션이나 하이포션이야."

"아직 많이 남아 있는데. 아까워. 아까 장비를 샀는데 또 지출이…….”

추욱 고개를 숙이고 어깨를 늘어뜨리는 라이나를 알이 다독였다.

“그럼 포션과 동급의 효과가 있는 블루 포션으로 할래? 남은 초심자 포션을 조금 조정하면 블루 포션으로 만들 수 있어.”

내 제안이 숙였던 고개를 들더니 갸웃거리는 라이나와 알.

초심자 포션을 모아서 [합성] 스킬을 걸면 포션을 만들 수 있다. 거기에 블루 포션의 소재인 블루 젤리를 섞으면 즉석으로 블루 포션을 만들 수 있다.

본디 약초를 졸인 것이나 농축한 편이 효과가 강한 포션이 되지만, 두 사람에게 처음부터 그걸 주는 것도 과분하겠지.

“효과는 포션보다 조금 높은 정도지만 어쩔래?”

“그걸로 비용을 줄일 수 있다면 좋을지도 모르겠어. 라이, 나중에 사냥 나갈 때에 슬라임을 노려볼래?”

“그래, 알았어.”

두 사람이 그렇게 납득했을 때에는 레티아가 두 손에 다 못 들 정도의 음식을 껴안고 돌아왔다.

그걸 쌍둥이와 사역몹들과 나눠 먹기 시작한 모습을 보면서 에밀리가 내 옆에 나란히 서서 말을 건네왔다.

“윤과 블루 포션이라면 그리운 단어네. [수수께끼 블루 포션 상인].”

"내가 쓴 명칭은 아니지만."

나도 너무 예전 일이라서 잊었던 호칭을 떠올리고 쓴웃음을 지었다. 지금의 [보모]보다도 훨씬 낮게 여겨지는 호칭이다.

"분명히 기초 레시피의 효과는 포션 정도지만, 블루 포션의 레시피를 연구하면 하이포션에 필적해. 게다가 회복량 제한이 없는 종류의 포션이니까 두 사람도 오래 쓸 수 있을지 모르고."

"딱히 그걸 생각한 건 아니지만."

가면 너머로도 알 수 있는 에밀리의 쓴웃음에 마찬가지로 쓴웃음을 돌려주었다.

그때 우리 파티의 메뉴에 인포메이션이 도착하여서 그걸 확인하였다.

[——긴급 퀘스트 [마을 강습] 입상을 축하합니다. 입상 기념 아이템은 인벤토리에 들어갑니다.]

"알! 이거 봐! 정말로?! 우리가?!"

"정말이야! 꿈이 아냐!"

긴급 퀘스트의 집계가 끝나고 우리가 입상했다. 전과로는 피라미를 팔십 마리, 보스 한 마리를 쓰러뜨렸기 때문이었다. 다른 플레이어의 전과와 비교하면 아슬아슬하게 등수에 든 모양이지만, 신참 플레이어로서는 과분한 전과다.

"해냈어! 액세서리도 손에 넣었으니, 우린 더욱 강해졌어!"

"그래!"

두 사람이 팔에 장비한 것은 일부에 구멍이 나서 탈착이 간편한, 적동색의 팔찌였다. 그 중앙에 붉은 보석이 박혔고, 금속 세공으로 돋을새김을 넣은 유니크 아이템이었다.

나와 에밀리, 레티아도 같은 장비를 손에 넣어서 아이템 정보를 확인했다.

스크럼블 히어로 [액세서리] (중량 : 3)

ATK +3, DEF +3, INT +3, MIND +3 추가효과 : HP +3%

스테이터스를 올리는 항목이 네 개에, HP 상한을 3% 올리는 효과는 라이나와 알에게 충분하고 남을 효과겠지.

아직 명확한 전투 스타일을 확인하지 않은 두 사람에게 스테이터스를 올려주는 타입의 액세서리는 중요하다. 하지만 나와 에밀리, 레티아에게는 다소 부족한 레벨이다. 우리처럼 어느 정도 게임을 진행했으면 각자의 센스나 전투 스타일, 무기에 맞는 것을 선택하고 싶어진다.

그런 의미로 고레벨 플레이어에게는 훈장, 저레벨 플레이어에게는 보상이라는 가치가 있으니 제법 밸런스 좋은 보수라고 할 수 있겠지.

전적은 긴급 퀘스트만이 아니라 라나 버그의 소환과 요격이라는 비밀기획의 결과도 나온 모양이지만, 우리 파티는 거기에 비집고 들어가지 못했다.

"뭐야. 꽤나 쓰러뜨린 줄 알았는데."

"쓰러뜨린 건 윤 씨나 에밀리 씨, 레티아 씨야."

"하지만……."

뭐, 제2, 제3마을 도달 정도의 스테이터스가 요구되는 이벤트인 만큼 그런 사람에게 맞는 액세서리도 준비된 모양이라, 마을 곳곳에서 환호성이 일었다. 이런 순간을 위해 마기 씨가 열심히 준비했겠지. 솜씨 좀 부린 액세서리인 듯했다.

"하지만 활약한 건 역시 선배 플레이어들이야. 우리 같은 건 도움만 받았고."

"무슨 말인가요? 이벤트의 영웅은 당신들이에요."

라이나와 알을 붙잡은 레티아는 고개를 갸웃거리며 다시금 말했다.

"자랑해도 좋아요."

"그래도 돼?"

"정말로?"

쌍둥이의 대답에 끄덕이는 레티아. 라이나와 알이 우리 쪽을 돌아보기에 웃으면서 끄덕여주었다.

"그 팔찌를 찬 팔을 내보이며 활보하죠. 승리의 퍼레이드입니다."

그렇게 말하며 레티아는 대로의 제일 넓은 장소로 걸어갔다.

뭘 하려는 건지 눈치챈 우리는 주위의 사람들을 물러나게 하며 레티아의 동작을 지켜보았다.

"가죠, 무츠키――〈소환〉!"

레티아가 불러낸 것은 코끼리의 새끼인 가네샤 무츠키. 그 거구는 새끼면서도 압도적인 존재감을 띠었다.

나는 두 번째니까 익숙하지만, 옆에 있는 에밀리는 살짝 입을 벌리고 올려다보았다.

"자, 갈까요."

요령껏 쳐든 무츠키의 앞다리를 발판 삼아 가볍게 그 등에 올라탄 레티아가 라이나에게 손을 뻗고, 알은 무츠키의 긴 코에 붙들려서 등에 태워졌다.

두 사람이 무사히 무츠키의 등에 탄 것을 확인하고 레티아는 이번에는 우리에게 말을 걸었다.

"윤 씨와 에밀리 씨는 어쩌겠습니까?"

"나는 패스. 눈에 띄는 건 좋아하지 않아."

"그래. 나도 사양할게. 윤이랑 할 이야기가 있으니까."

"그렇습니까. 그럼 우리는 가지요. 무츠, 부탁해."

무츠키의 등에서 지시를 내리자 대로를 천천히 행진하듯이 걷는 무츠키와 쌍둥이가 찬 적동색 팔찌가 보이고, 그 주위를 레티아의 네 마리 사역몹인 하루, 나츠, 아키, 후유가 날아다니고 따랐다. 그리고 입상을 축하하는 주위의 환성이 들렸다.

"그럼 이다음에는 어쩔까."

"그래. 사실은 윤에게 물어보고 싶은 게 있는데……."

"물어보고 싶은 거?"

"긴급 퀘스트 중에 쓴 스킬 〈엘리먼트 인챈트〉였나? 거기에 쓴 아이템은 속성석?"

내가 알에게 딱 한 번 쓴 스킬을 보았다는 건 놀라웠지만, 딱히 숨길 내용도 아니기에 긍정했다.

"그래. 물물교환으로 받았을 때 스킬이 추가되었어."

"처음에 꺼냈을 때에는 윤이 공격 마법이라도 쓰려는 건가 싶었는데, 돌은 화 속성. 윤이 쓰는 건 지 속성뿐이었으니까 놀랐어."

"그렇게 놀랄 일인가?"

"내가 모르는 사용법이 그 외에도 있었나 싶었거든."

가면 너머로 알 수 있을 정도로 즐거운 표정을 짓는 에밀리.

"제안이 있는데, 그 스킬의 효과를 검증하지 않을래? 나도 내가 파는 소재의 쓰임새를 하나라도 더 많이 알고 싶어."

"그건 좋은데 지금 당장?"

"아니. 내 쪽의 준비도 있으니까. 그래, 준비가 끝나면 프렌드 통신을 보낼게."

"그럼 나는 일단 로그아웃할게. 점심 준비도 있고."

이벤트의 혼전이네 뭐네로 점심밥 시간이 지나버렸다. 뮤우는 아직 로그인 중이지만, 준비를 해야 한다.

"그럼 나중에 또."

"그래."

나와 에밀리는 휴식을 위해 일단 로그아웃했다.

3장 〈살인〉 스킬과 PK

부엌에서 냄비의 물이 끓는 소리가 들리는 가운데, 미우가 기지개를 켜면서 2층에서 내려왔다. 시간은 오후 두 시를 넘어서 점심을 먹기에는 늦은 시간이었다.

"오빠, 배고파."

"지금 만들고 있으니까 차라도 마시면서 기다려. 오늘은 무슨 맛으로 할까?"

"오늘은 소금!"

"오케이."

지금 라면을 끓이고 있다.

데친 야채와 반으로 자른 삶은 달걀, 얇게 자른 수육, 옥수수 통조림을 사용한 라면이다. 시간이 없어서 이렇게 대충했지만, 저녁식사도 제시간에 못 먹을 것 같으니 미리 가볍게 먹을 수 있는 것을 준비해둘까. 다 삶은 면에서 물을 빼면서 그렇게 생각했다.

"자, 다 됐어."

"와아! 잘 먹겠습니다!"

기쁜 듯이 내가 끓인 라면을 먹기 시작하는 미우에게 나는 이제야 점심 먹으러 내려온 이유를 물었다.

"미우는 역시 이벤트 후의 뒤풀이에 섞였던 거야?"

"물론! 역시 즐겨야지!"

그렇게 말하고 빙글거리면서 자신의 전과를 보고하였다.

"우리는 말이지! 더블로 입상했어! 피라미몹 백 마리와 보스몹 두 마리, 검은 곤충 서른 마리를 쓰러뜨리는 대승리!"

"우와, 우리보다 훨씬 많네."

설마 더블로 입상을 휩쓸다니. 건물 위에서 뛰어내려 바람처럼 사라졌지만, 꽤나 효율 좋은 방법이었던 모양이다. 그때 보이지 않았던 루카토 일행도 다른 장소에서 싸웠을지도 모른다.

"그리고 말이지. 시즈카 언니랑 타쿠미 오빠네 파티는 검은 곤충을 각각 오십 마리 해치워서 이벤트 기획의 투톱을 장식했어! 대단해."

"시즈카 누나랑 타쿠미는 강한 적을 노렸나."

"그리고 말이지, 끝난 뒤에 퍼레이드를 시작한 곳이 있어서 우리도 섞이는 바람에 빠져나올 수 없어서. 신인 플레이어도 입상했다니까, 기대의 신인이야! 우리도 질 수 없어!"

의욕이 생긴 참에 미안하지만, 미우나 타쿠미, 시즈카 누나가 힘 좀 쓰면 신인들이 목표로 하는 톱 레벨의 플레이어란 존재는 금방 멀어진다. 조금은 힘을 뺐으면 싶지만 그런 말을 할 수도 없다.

"그럼 이벤트 전체는 무사히 수복되었어?"

"으음. 일부 노점은 팔 아이템이 없어져서 일찌감치 철수했어. 대신 스테이지 수복을 거들거나 내일 가게에 내놓을 식재료 준비를 위한 사냥에 나갔어. 그러니까 더 이상의 비밀기획은 없다고 그랬어."

"그렇다면 내일은 스테이지 쪽의 기획과 PVP 대회가 메인인가."

그럼 오늘 남은 시간은 엔도와 〈엘리먼트 인챈트〉의 검증 작업이군.

머릿속으로 예정을 짜는데 미우는 벌써 다 먹어치우고 만족스러운 표정을 하였다.

"하아, 잘 먹었다. 그럼 또 게임하러."

"소화에 안 좋으니까 삼십 분 이상 앉아 있다가 누워."

"으음. 그럼 타쿠미 오빠랑 이야기해야지. 이벤트 끝난 뒤에 그 레이드 퀘스트의 커다란 멍멍이를 쓰러뜨리기 위한 작전을 세울 거야!"

아니, 레이드 퀘스트의 보스는 늑대지, 개가 아냐. 그렇게 말하고 싶지만, 그 전에 2층의 자기 방으로 돌아가버린 미우.

어쩔 수 없다 싶어서 한숨을 내쉬면서 나도 늦은 점심을 다 먹고 가볍게 저녁식사 준비를 하였다.

밥에 설탕과 식초를 섞어서 초밥을 만들고 참깨를 적당량 넣어서 균등하게 섞었다. 그걸 유부 안에 넣고 모양을 만들면 유부초밥이 완성된다. 요령 좋게 만들면 짧은 시간에 대접 하나 정도의 양이 나와서, 그걸 냉장고에 넣었다.

그다음에는 된장국과 야채 무침을 곁들이면 영양 밸런스도 좋겠지. 그렇게 생각하며 시간을 확인했다.

세 시를 조금 넘었을 즈음이라, 일단 집 안을 체크하고서 내 방에 돌아가서 VR 기어를 손에 들었다.

그걸 머리에 장착하고 침대에 누워서 다시금 OSO에 로그인했다.

"에밀리, 기다렸어?"

[나도 방금 로그인했어. 윤은 쉬고 왔어?]

"그래."

에밀리와 프렌드 통신으로 서로 로그인한 것을 확인하고 합류했다.

합류 후에는 에밀리가 〈엘리먼트 인챈트〉 스킬의 검증 장소로 안내해주었다.

좌우의 건물이 비좁은 뒷골목에 있는 작은 공방. 거기에 [소재상]이라는 심플한 팻말이 붙어 있을 뿐, 간판도 없는 가게가 있었다.

항상 어둑어둑한 장소이기 때문에 그야말로 연구 중이라는 분위기라, 이런 어둡고 차분한 공방의 분위기가 [아트리엘]의 공방과 비슷해서 다소 마음이 놓였다.

"여기가 에밀리의 가게……."

"그렇다고 해도 사람은 안 오지만. 보통은 내가 만든 소재를 필요한 생산직에게 직접 팔거나, 소재의 요망을 듣고서 판매하는 게 메인. 그러니까 연구실이라는 게 정확할까."

그렇게 말하며 실내이기 때문에 가면이나 모자, 위장 액세서리를 벗으면서 나와 마주 보며 앉았다.

"그래. 일단은 서로의 현황 인식도를 확인해볼까."
"확인한다면 속성석의 사용법과 〈엘리먼트 인챈트〉?"
"그래. 일단은 나부터 할게."
그렇게 말하며 에밀리는 몇몇 아이템을 확인하기 위한 샘플로 꺼냈다.
"일단은 나는 속성석을 합성 소재로 사용하고 있어. 뭐, 조합에 대해선 생략하겠지만, 무속성의 소재에 후천적으로 속성을 붙이는 느낌일까?"
에밀리가 꺼낸 아이템의 스테이터스를 확인하기 위해 나는 눈을 부릅떴다.

지의 철괴 (극소) [소재]
지 속성을 띤 철 주괴.

지의 철검 [무기]
ATK +13 추가효과 : ATK 보너스, 지 속성 보너스(극소)

지의 손등 토시 [방어구]
DEF +7, MIND +3 추가효과 : DEF 보너스, 지 속성 내성(극소)

지의 목걸이 [장식품]
DEF +3, INT +1, MIND +3 추가효과 : 지 속성 향상(극소)

제시된 액세서리는 하나같이 지 속성의 속성석을 합성한 아이템인지, 합성된 뒤에 만들어진 장비에 따라 추가효과에 차이가 있었다.

“이건 5등급의 속성석을 합성한 추가효과고, 4등급, 3등급으로 올라가면 추가효과도 강화돼.”

“보석 크기와 같은 개념인가. 얻을 수 있는 효과는 어떤 느낌이야?”

“무기라면 공격에 속성 보너스가 추가돼. 방어구면 그 속성에 대한 내성. 장비품이면 대미지 보너스와 대미지 컷 효과가 각각 몇 퍼센트 정도. 뭐, 이건 5등급의 효과고, 등급이 올라가면 추가 효과도 무시할 수 없어.”

에밀리는 그렇게 말했다.

“이건 합성한 소재를 가공하여 만들던가, 완성된 무기에 [합성] 혹은 [대장]이나 [세공]의 강화소재로 사용하면 완성돼. 다만 그 무기를 녹여서 주괴로 만들면 속성석의 효과는 사라져.”

“그래. 그렇다면 나중에 붙이는 쪽이 낭비가 없네.”

하지만 그거랑은 좀 다르다고 말하는 에밀리.

“먼저 소재에 합성해두면 높은 등급인 채로 효과를 적응시킬 수 있지만, 나중에 붙이면 한 단계 떨어져.”

그 이야기는 어딘가에서……. 그래. 화살에 상태이상약을 합성할 때에 포션의 독성이 두 단계 떨어졌다. 그거랑 같나.

"그러한 차이가 있는 정도일까. 또 마법의 위력 강화도 대충 비슷한 보정이 있어."

에밀리가 아는 정보를 밝히자 나는 머릿속에서 정리하였다.

이러한 무기나 방어구, 액세서리의 추가효과와 내 〈엘리먼트 인챈트〉는 중복할 수 있을까? 가능하다면 순간적인 폭발력을 만들 수 있을 거라고 고찰했다.

"그럼 윤 차례야."

"그래. 내 〈엘리먼트 인챈트〉는 속성석을 소비해서 무기나 방어구에 일시적으로 속성 인챈트를 걸어."

"지금 한 번 해볼래?"

에밀리에게 화 속성, 지 속성의 속성석을 받고 샘플로 제시된 철검과 손등 토시에 인챈트를 걸었다.

"〈엘리먼트 인챈트〉——웨폰, 아머."

철검에는 화 속성이, 손등 토시에는 지 속성이 깃들어서 옅은 빛을 띠었다. 다시금 차분하게 검증했기 때문에 MP의 소비량과 다음 마법까지의 대기시간이 평소 인챈트보다 길었다.

"과연. 〈엘리먼트 인챈트〉로 붙는 효과는 일시적이지만, 소비하는 속성석의 등급과 같은 효과를 얻을 수 있는 모양이야."

"가정은 어쨌든 결과는 같나. 그러면 일시적인 쪽이 효율이 안 좋아.”

그거라면 반영구적인 추가효과에 따른 속성 보너스 쪽에 유효하게 느껴진다.

“그렇지도 않아. 추가효과랑 달리 [부가]의 경우는 두 가지 속성을 가질 수 있어. 게다가 방어구에 걸린 지 속성 효과는 중복되어서 일시적으로 한 단계 추가효과를 끌어올릴 수 있어.”

즉, 같은 속성의 중복이나 다른 속성의 사용도 가능하다는 소린가. 경우에 따라서 장비를 준비하는 것보다도 간단하다.

“또 한 가지 시험해보고 싶은 게 있어. 내 검에 인챈트를 걸어볼래?”

“응? 알았어. 〈엘리먼트 인챈트〉——웨폰.”

에밀리가 건넨 4등급 속성석을 써서 연접검에 수 속성 인챈트를 담았다. 그걸 진지한 눈으로 바라보는 에밀리. 그 시선은 연접검의 아이템 스테이터스를 향했다.

“그래. 양쪽 다 장점이 있는 모양이야.”

“장점? 효과의 중복 말고도?”

“윤은 [조금] 센스를 가지고 있으니까 알겠네. 장비 아이템에 붙일 수 있는 추가효과의 상한을 말이지.”

나는 에밀리의 말에 고개를 끄덕였다. 숨겨진 스테이터스 같은 정보다. 장비의 한계 이상으로 추가효과를 붙이면 장비가 깨진다. 그러니까 오버하지 않는 범위 내로 자신의 센스나 장비, 전투 스타일과 맞춰가면서 아이템의 추가효과를 선택한다.

내 경우는 본디 깨져야 할 액세서리에 [부가술]의 〈아이템 인챈트〉로 커스드 계열의 추가효과를 주어서 플러스와 마이너스의 밸런스를 맞춘다.

한 가지 여담이지만, 여름의 캠프 이벤트에서 입수한 마개조 소재인 장궁은 무기의 기초 스테이터스가 낮은 대신 최대 15개의 추가효과를 붙일 수 있고, 유니크 아이템이라 깨지지 않는 효과가 있다.

"이 연접검에는 한계까지 추가효과가 들어 있어."

"헤에……. 아니, 뭐?! 아무리 실험이라고 해도 자기 주무기를 쓰지 마! 깨지면 어쩌려고!"

"그러면 수리해야지. 뭐, 그건 둘째 치고——성공이야."

허둥대는 내 말을 가로막으면 그렇게 말했다.

"무기에 정상적으로 속성이 인챈트되었어. 결론부터 말하자면, 일시적으로 무기의 상한 이상의 힘을 낼 수 있다는 게 밝혀졌어."

"그래, 안 깨져서 다행이야."

"거기선 새로운 인챈트의 가능성에 기뻐해야지."

에밀리는 쓴웃음을 지었지만, 나로서는 전투 중에 적의 약점 속성을 인챈트했더니 무기가 깨져서 빈손이 되는 상황이 없다는 걸 알고 마음이 놓였다.

"지금 조사할 수 있는 정보는 얼추 다 검증되었을까?"

"또 떠오르는 게 있거든 그때 조사하면 되지 않을까? 그렇지. 여기서 레이드 퀘스트 준비 좀 해도 될까? 속성석도 필요할 테니까."

"좋아. 뭐 필요한 거 있어? 일단 [소재상]이라고 할 정도니까 어지간한 소재는 갖추어놨어."

"그래? 그러면——."

내가 주문한 소재를 즉각 챙겨주기에 곧바로 일괄로 구입했다. 4등급의 각종 속성석의 구입과 어떤 아이템의 교환이다.

에밀리가 가지고 있던 은괴와 내가 가지고 있던 은광석을 교환하고 가공 수수료를 지불했다.

"윤은 왜 은괴가 필요해? 그냥 [조금] 센스로 가공하면 되잖아."

"레벨과 생산화로가 아직 저급이야. 그러니까 나는 못 만들어."

곧바로 철괴 이외를 만들 필요가 없었기 때문에 [조금] 센스의 레벨이 그리 높히지 않았던 폐해가 여기서 생겨났다.

가능하면 앞으로 이러한 일이 없도록 [조금] 센스의 주괴 정제 기술을 올려둬야겠다고 맹세했다.

앞으로 있을 레이드 퀘스트의 보스전에서 중요한 카드 중 하나로 준비한 은괴를 사용하여 나는 어떤 아이템을 합성하였다.

은괴, 나뭇가지, 새 깃털, 이렇게 세 가지를 합성하여 은화살을 만들었다.

은화살 [소모품]

ATK +5

이번 은화살은 여러 개를 합성해서 자동귀환용 보정치를 주지 않은, 말 그대로 1회용이다. 상당히 가격 대 성능비가 안 좋아서, 은괴가 아깝다는 마음에 다소 후회도 하였다.

하지만 언데드 계열 보스나 몹을 상대로 하기 때문에 은을 소재로 사용한 무기가 필요하다.

은 계열 소재는 언데드에 대해 대단히 높은 대미지가 들어간다. 또 필요할지는 모르겠지만, 그 외에 복수의 상태이상약이나 화살을 합성하여 준비를 갖추었다.

"이걸로 끝――〈합성〉."

"많이 만들었네. 하지만 용케 상태이상약을 그만큼이나 확보했네?"

"뭐, 평소의 노력이지. 밭에서 소재를 늘렸다가 이때다 싶은 때에 쓰니까."

그렇게 대답하면서 고개를 좌우로 움직이고 기지개를 켰다. 에밀리는 나를 배려하는 건지 한 가지 제안을 하였다.

"휴식을 겸해서 노점에서 뭐라도 사자. 아직 남은 노점도 있을지 모르니까."

"그래. 갈까."

에밀리는 가면과 모자를 다시금 장착하고 함께 뒷골목으로 나갔다.

거기서 올려다본 하늘은 붉고, 길은 건물의 그림자로 꽤나 어두워졌다. 미궁에라도 휘말려든 듯한 그런 기분이 드는 이 장소에서, 마을 안에도 아직 내가 모르는 장소가 있다는 생각을 품으면서 에밀리와 함께 대로 쪽으로 걸어갔다.

●

대로에는 아직 드문드문 노점이나 플레이어들이 정신없이 이동하고 있었다. 하지만 그 모습은 어딘가 그림자가 있고 불온한 느낌을 띠었기에 나와 에밀리는 그 분위기를 의아한 심정으로 바라보았다.

"뭔가 이상해."

"그래, 무슨 일이 있었을지도. 잠깐 물어볼까."

내가 근처 가게에서 2인분의 음료를 주문하면서 눈앞의 여성 플레이어에게 무슨 일이 있었는지 물었다.

"부산한 모습인데 무슨 일 있었어?"

"마을 근교 에어리어에 PK가 대량으로 출현했어."

"PK?!"

"그래――[포슈 하운드]와 [옥염대]라는 두 개의 PK 길드도 포함되었어. 그래서 내일 가게에서 쓸 식재료를 확보하러 빅 보어 사냥에 나갔던 동료가 많이 당했고 일부는 못 돌아왔어."

"윤……."

"에밀리, 왠지 안 좋은 예감이."

PK 길드 [포슈 하운드]의 PK와는 몇 차례 조우하였다. 에밀리도 악질적인 길드 권유 이야기를 알고 있겠지.

"에밀리, 프렌드 리스트를 확인하자."

나도 프렌드 리스트를 체크하여 누가 로그인했는지 확인했다. 전투 중, 에어리어, 마을 안 등으로 나뉘어 있는 가운데, 전투 중이 계속되는 이름이 두 개 있었다.

"라이나와 알만 계속 전투 중. 레티아와 함께 있는 거 아니었나?"

한 차례 로그아웃하여 헤어졌기 때문에 그 뒤에는 어떻게 되었는지 모르지만, 나는 곧바로 레티아에게 프렌드 통신을 걸었다.

"레티아. 질문 좀 할게. 라이나랑 알은 어떻게 됐어?"

[갑자기 무슨 일입니까? 두 사람이라면 그 뒤에 같은 레벨대의 플레이어와 함께 임시 파티를 맺고 근처 에어리어로 갔을 겁니다. 블루 포션의 소재를 모은다고 빅 보어를 사냥하러 갔지요.]

점점 안 좋은 정보가 들어왔다. 지금 바로 PK들이 있는 곳이잖아.

"그래……. 미안."

[윤 씨, 왜 그러나요? 무슨 일 있었습니까?]

"억측에 불과하지만……."

레티아에게 마을에서 들은 내용, 옆에 있는 에밀리에게

PK출현과 무차별로 이루어지는 습격 포인트의 확정정보를 받아서 그걸 레티아에게 전했다.

[……알겠습니다. 저도 바로 그쪽으로 가겠습니다.]

"이쪽도 라이나와 알을 찾을 생각이야. 그럼 [생산 길드]의 길드 회관에서 만나자. 먼저 정보를 모아둘게."

"가자, 윤."

뒤따라가겠다는 레티아의 목소리를 들으면서 프렌드 통신을 끊고 대로의 교차지점으로 향했다.

거기에서 가장 눈에 띄는 건물인 [생산 길드]의 길드 회관으로 들어갔다.

외관의 몇 배 넓이로 아공간 확장된 홀에는 지금 정보를 모으는 플레이어들이 바쁘게 오가서, 아는 사람을 찾는 것도 고생이었다.

"윤찌?!"

"찾았다! 리리! 마을 주변의 정보는 모였어?"

우연히 저쪽에서 나를 발견해준 리리에게 다가가서 용건을 늘어놓았다.

그러자 리리는 나와 함께 있는 에밀리를 보고 눈알이 튀어나올 정도로 눈을 크게 뜨더니 표정을 굳혔다.

"알았어. 여기는 정신없으니까 2층으로 안내할게."

리리의 안내에 2층의 회의실 같은 공간에 안내받자, 클로드가 같은 방에 있는 플레이어들에게 지시를 내리는 참이었다.

"최소한 세 명 이상으로 행동해줘! 상황 확인과 기습 대책의 척후를 넣은 편제다. 파티를 짜는 대로 출격. 그리고 너무 깊이 쫓지 말고 무리하지 말 것. 플레이어가 쓰러지면 상대의 경험치가 된다. 그것만큼은 조심해! ――곳곳에 연락을!"

클로드의 목소리에 연락 담당인 플레이어들이 일제히 움직여서 정보를 전하는 동시에 들어온 정보를 정리했다.

"……클로드."

"윤인가. 급하다 보니 정보가 혼선을 빚고 있군. 이제부터 밤이 되면 불확정 정보가 더 나오지. 미안하지만 정보 정리를 도와줘."

나는 라이나와 알의 안부를 확인하고 싶지만, 지금 이쪽에 눈도 돌리지 않고 말하는 클로드에게 무리한 말을 할 때가 아니라고 느꼈다. 게다가 아직 PK들이 있는 에어리어에 남아 있다고 확정난 것도 아니다.

"알았어. 정보를 돌려줘. 에밀리는 레티아가 오는 대로 그쪽을 부탁해."

"맡겨줘."

나와 에밀리의 짧은 대화를 들은 클로드는 슬며시 고개를 들고 리리와 마찬가지로 놀란 기색을 보였지만, 곧 메뉴의 정보 정리로 돌아갔다.

나도 클로드가 보낸 정보를 정리하는 일에 달라붙었다.

정보 내용은 PK의 파티 구성, 사용 스킬, 객관적인 행동 패턴, 피해를 입은 파티의 보고, 그리고 미귀환 플레이어의 리스트였다.

그것들을 허공에 띄운 몇 개의 불투명한 메뉴의 터치 패널과 키보드를 조작하여 분류하였다.

숲에 남아 있는 플레이어와 PK, 각각의 리스트와 대략적인 목격지점을 입력하고 맵 위에 동기화시켰다.

그걸 기반으로 신규정보에 따른 수정과 갱신을 계속하자 정보가 정리되었다. 나는 완성된 동기화 맵과 정리된 정보를 클로드에게 보냈다.

"정리 끝났어, 클로드."

"빠르군."

"나도 알고 싶은 정보를 확인할 수 있으니까. 진지했지."

숲에 남은 플레이어의 리스트를 정리하면서 확인했지만, 라이나와 알의 이름은 없었다. 나중에 추가된 정보에 있기를 기대하며 정보를 계속해서 갱신했다.

"다음은 PK에 격퇴된 플레이어와 PK들이 자리 잡은 위치. 그리고 선행하여 PK를 배제하는 플레이어의 PK 요격 포인트의 정보를 맵에 표시해줘."

"이미 다 됐어."

"역시나. 좋은 미인 비서가 될 수 있겠군."

클로드의 농담에 어울려줄 여유는 없다. 이 자리는 긴장으로 휩싸여서 모두가 사태를 파악하려고 안간힘을 쓰고 있다. 그만큼 이 게임을, OSO 세계를 좋아한다는 증거겠지.

나도 내가 좋아하는 이 세계와 친구를 위해서 내가 할 수 있는 일을 다한다.

눈은 정보를 좇고, 손은 새로운 정보를 분류하고, 머리로는 복수의 사항을 나란히 처리하였다.

그런 가운데 어떤 정보에 눈이 머물러서 순간 생각이 정지했다.

[──낙오자, 두 명 추가. 플레이어명 : 라이나드, 알파드. 최종목격지점, 동북동의 삼림 에어리어.]

그것을 본 순간 등에 찬물을 뒤집어쓴 것 같은 착각을 느꼈다.

"──"──찾았다."──PK에 대항하기 위해 숲에 돌입한 플레이어가 그대로 일반 플레이어의 아군 행세를 하며 PK 행위를 한다. 마치 트로이의 목마 같은 짓을……. 왜 그러지?"

"아는 사람이 낙오되었어. 잠깐 다녀올게."

"어이, 진정해. 잠깐──"윤, 두 사람은 동쪽 숲으로 향했어." ──하아……."

나를 만류하려던 클로드의 목소리를 지우듯이 정보를 전달하면서 에밀리가 레티아와 함께 이 자리에 들어왔다.

"레티아가 두 사람과 파티를 짠 플레이어에게 들은 거니까 확실해."

"이쪽도 지금 정보가 들어왔어. 장소도 맵에 전송했어!"

"그럼 가지요."

"그러니까 진정하라고 말하지 않나!"

레티아의 말에 셋이서 회의실에서 나가려고 했지만, 그걸 클로드가 제지했다.

"고작 셋이서 가는 건 안 된다. 낙오자로 위장한 PK나 아군으로 위장한 PK도 있다. 적과 아군의 판별이 어렵다."

"……알고 있어. 하지만——."

딱히 그 쌍둥이랑 오래 알고 지낸 것도 아니고, 특별한 사이도 아니다. 내 변덕으로 동료가 된 두 사람이지만, 역시 아는 이가 곤경에 휘말려들었다면 돕고 싶다.

이상하네. 게임인데 왜 이리 열이 오른 걸까. 냉정하게 생각하기 위해 자조적인 생각을 해보았지만, 아무래도 무리였다. 현실이고 게임이고 관계없다.

"우리는 아는 이를 데리러 가는 것뿐입니다."

"그래. 그러니까 방해할 생각은 말아줘. 그 아이들은 윤과 우리의 친구니까."

"레티아, 에밀리……."

고개 숙이고 말을 잃은 내 어깨에 손을 얹는 에밀리와 내 손을 잡는 레티아를 보니, 그 말에 가슴에 천천히 스며들었다.

"……이미 해가 졌다. 어두워서 기습받기 쉬운 밤의 숲에서 그 녀석들을 찾아낼 수 있다고 생각하나? 더 여럿이서 PK 토벌을 시작해야 한다."

"아쉽지만, 그걸 기다릴 만큼 우리는 냉정한 인간이 아냐!"

"그렇다면 나를 쓰러뜨리고——"클로드, 당신이 졌어."

——크, 마기. 막지 마라!"

지팡이를 꺼낸 클로드와 눈씨름을 벌이는 우리 사이에 어느 틈에 끼어드는 마기 씨.

"윤의 정보 정리 능력이 있으면 이른 단계에서 PK에 대항할 팀을 조직할 수 있다. 그건 너희 목적과도 이어진다. 그건 마기도 알고 있을 텐데?"

"그렇다고 왜 귀여운 여자애 셋을 괴롭히는데?"

"저기…… 난 남자인데——"괴롭히는 게 아니다!"——나도 말 좀 하자."

어깨를 축 늘어뜨리는 나와 그 어깨를 톡톡 가볍게 두들기는 에밀리. 어딘가 가엽다는 그 시선이 아프다.

"주위가 무슨 눈을 하고 있는지는 알 거 아냐? 악역이 되고 싶지 않거든 물러나."

마기 씨가 주위를 가리키자, 통신 담당의 플레이어들이 클로드를 걱정하는 눈으로 바라보고 있었다.

"……하아, 알았다. 설마 [소재상]까지 윤의 편을 들다니. 아무와도 연락을 안 한다고 아는데, 어느 틈에 친해졌지?"

클로드는 어딘가 지친 듯이 한숨을 내쉬었지만, 굳은 얼굴로 우리를 똑바로 바라보았다.

"반드시 무사히 돌아와라! PK들의 경험치가 되는 건 내가 용서 않으니까!"

"클로드, 고마워!"

우리는 그렇게 말하고 회의실을 뛰쳐나갔다.

쌍둥이가 임시 파티 멤버와 헤어진 포인트는 알고 있다. 또 낮의 전투로 어느 정도 싸울 수 있는지도 안다. 우리는 이동하면서 작전회의를 했다.

"상대에게 들킬 가능성도 있어. 불빛은 최대한 쓰지 않는 방향으로."

"그럼 내가 유도할게. 내 [매의 눈]이라면 어둠 속에서도 이동할 수 있으니까."

●

그리고 [매의 눈]의 암시 성능을 따라서 숲 속을 이동하였다.

하늘에는 밀버드 나츠를 풀어서 가급적 몹이나 플레이어와 조우하지 않도록 전진하였다.

아츠나 스킬의 이펙트의 빛도 들키기 쉽다. 그렇기 때문에 회피할 수 없는 몹과의 전투는 모두 통상공격만으로 하였다.

이전에는 그렇게 고생했던 빅 보어도 발견과 동시의 활의 일격을 급소에 맞추면 HP가 크게 깎이고, 이어서 에밀리의 공격으로 끝냈다.

나는 속으로 두 가지 사실이 걱정되었다.

하나는 뒤처진 라이나와 알이 계속 전투 중인 모양인데, 자세한 상황을 알 수 없다는 점.

또 하나는 그 PK의 존재다.

[미궁마을]의 던전에서 만났던 격이 다른 PK 플레인. 그리고 그 플레인이 사용하던 수수께끼의 스킬──〈살인〉. 그때 효과는 알 수 없었지만, 미카즈치의 무기를 양단하였다. 상당히 위험한 계통의 스킬이다.

그걸 가진 플레이어가 있을 경우, 어떻게 하면 상대가 그걸 못 쓰게 할 수 있을까. 첫 공격으로 얼마나 대미지를 입힐 수 있을까.

그 방법을 생각하는데, 생각이 정리되기 전에 찾던 사람을 발견했다.

"찾았다."

나무 그늘에서 엿보듯이 상황을 확인했다.

라이나와 알, 그리고 기절해 있는 남성 플레이어를 둘러싼 PK들의 배치를 확인하고 에밀리와 레티아에게 눈으로 일단 물러나자고 전했다.

PK들은 때때로 라이나와 알에게 가벼운 공격을 가하더니 힐러가 HP를 회복시켰다. 그동안 쌍둥이들은 눈을 감은 채로 움직이지 않았다.

"[수면] 상태일까? 어쩌지? 라이나와 알을 데리고 나오는 게 목적이지만, 저기 잠든 플레이어를 방치하는 것도 뒷맛이 안 좋아."

"그래요. PK를 한 명씩 쓰러뜨리기에는 너무 밀집해 있군요."

"그렇다고 한 명이 하나씩 맡을 생각은 필요 없어. 물량을 이용한 기습과 그걸 미끼로 삼는 구출 작전. 이거면 어때?"

에밀리가 이쪽에게 몇 종류의 돌을 보여주었다.

[조교] 센스의 소환석……은 아니군. 합성몹을 위한 핵석일까.

"작전은 두 가지입니다. 제 몹과 에밀리 씨의 몹으로 이루어진 혼성부대가 정면에서 공격. 그 틈에 배후에서 윤 씨와 에밀리 씨가 돌입합니다."

"그렇다면 내가 내놓는 몹은 1회용으로 써버린다고 생각하고 지시를 내려줘."

셋이서 작전을 정리했다. 에밀리가 그럴 생각이라면 내가 작전을 보강하기 위해 또 다른 아이디어를 내놓았다.

"그럼 정면에서 레티아와 몹의 혼성부대가 유인하고, 나와 에밀리가 힐러를 없애고 쌍둥이의 구출을 우선. 목적 완료와 동시에 철수. 이거면 되겠지?"

셋이서 각각 고개를 끄덕이고 우리는 행동에 들어갔다.

●

숲 속에 트인 작은 빈터. 거기에서 랜턴 불빛을 밝히고 주위를 경계하는 PK들.

그들을 협격하는 배치에 들어가서 숨을 죽인 나와 에밀리는 레티아의 움직임을 기다렸다.

그리고 머지않아 PK들의 시선이 우리와는 정반대의 어둠 속을 향했다.

"거기서 나와! 역시 나타났나."

"거기에 잠든 사람들을 돌려주겠습니까? 제 지인입니다."

어딘가 느긋한 어조의 레티아가 숲의 어둠 경계선에 섰다. 어깨 근처에는 광원 대신인 듯한 위스프가 닿을락 말락 하는 위치를 지키고 있었다.

"웃기는 소리! 게다가 고작 혼자! 아주 줄줄이 굴러들어 오는군! 우리의 경험치나 되라!"

한 PK가 뛰어들 듯이 레티아에게 접근했다.

거기에 대해 아무런 부담감도 없이 그저 오른손을 들었다가 앞으로 내리는 레티아. 그 순간 숲의 어둠 속에서 몇몇 그림자가 튀어나왔다.

초식동물이 레티아에게 다가오는 PK에게 몸을 부딪치고, 페어리팬서가 목을 물어뜯었다.

그 뒤에서 줄줄이 모습을 보인 것은——사람만한 크기의 구체 관절 인형 우드 돌의 무리. 머리는 표범처럼 생겼고 몸은 억센 털로 뒤덮였으며 손에는 날카로운 비늘과 발톱이 눈에 띈다. 꼬리 끝에는 벌처럼 뾰족한 바늘을 가진 키메라.

마지막으로 나타난 것은 나무들 사이에서 비치는 달빛이 매끄러운 표면에 둔하게 반사되어 PK들에게 그 거구를 알려주는——브론즈 골렘.

그것들이 처음에 달려든 PK에게 쇄도하여 움직일 수 없을 때까지 공격을 가했다.

"그럼 돌려주세요."

"바, 반격이다! 저 녀석은 몹을 조종한다. 그러니까 저 녀석 하나만 노려!"

갑작스러운 기습에 얼이 빠졌던 다른 멤버들에게 호령하며 다른 PK 한 명이 덤벼들었다.

"우드 돌 부대. 앞으로──."

거칠게 깎은 구체 관절 인형들이 완만한 동작으로 안겨들듯이 PK들에게 달려들었다. PK들은 그걸 각자의 무기로 쓰러뜨렸지만, 아무런 두려움도 없이 달려드는 언데드 군단이나 마찬가지인 우드 돌들의 돌격에 PK 세 명이 곧바로 붙잡혔다. 그래도 본래 약소하다고 할 우드 돌 정도로는 대단한 대미지를 줄 수 없어서 PK가 마구잡이로 무기를 휘두른 것만으로도 쓰러졌다.

"제2진, 돌격."

대기하던 일부 우드 돌이 가동역이 좁은 손바닥에 뭔가를 쥐고 돌격하였다.

그리고 그것들이 PK들에게 달라붙은 순간, 레티아가 키워드를 외쳤다.

"──[봄]."

번쩍이는 섬광, 울리는 폭발음.

매직 젬에 담긴 봄 마법이 우드 돌의 손바닥 안에서 발동하여 PK들의 코앞에서 터졌다.

PK들은 물론이고, 거기 휘말린 우드 돌조차 날려버리는 매직 젬의 봄 다중폭격. 내가 상투수단으로 사용하는 연쇄 대미지를 이용한 격파 방법을 에밀리의 1회용 합성몹과 합친 결과다.

그 결과 PK들에게 막대한 대미지를 주었지만, 약간의 HP가 남았다.

"힐러! 회복!"

"아, 알았어——〈라운드 히……."

그 순간을 노려서 나는 화살을 날렸다.

"……어?!"

마지막까지 외우지 못한 회복 마법 스킬. 그것은 발동되지 않았고, 뒤에서 날아온 충격와 자신의 가슴에 생겨난 화살을 이해할 수 없다는 듯이 바라보는 힐러 PK.

그리고 나는 에밀리와 함께 뒤에서 힐러를 공격했다.

"——〈스네이크 바이트〉!"

"——〈식재료의 소양〉!"

에밀리는 연접검의 끝을 아츠의 발동으로 선행시켜서 힐러의 몸을 죄었다.

그리고 나는 보조계 스킬을 발동하여 무기를 활에서 식칼로 바꾸어 인간의 급소인 연수를 향해 찔렀다.

"커헉……."

"끈질기네!"

목덜미에 꽂은 식칼의 일격으로는 쓰러지지 않았고, 그걸 뽑아내어 이번에는 등의 약점 마크에 꽂아서 최우선으로 쓰러뜨려야 할 힐러를 없앴다.

"레티아! 해치웠어!"

"그러면 전군, 소탕."

느릿한 어조의 호령에 포효를 지르며 답하는 키메라와 레티아의 사역몹들. 그리고 몸을 삐걱대며 알았다는 의사를 표현하는 브론즈 골렘.

그 뒤로는 일방적인 유린극이었다.

우드 돌과 매직 젬을 이용한 자폭 공격으로 커다란 대미지를 입은 네 명의 PK들. 믿음직한 회복 담당인 힐러가 강습으로 쓰러지는 바람에 슬금슬금 대미지가 쌓였다.

"제길! 또 너냐! [아트리엘]의 윤!"

"너는…… 누구더라?"

"잊어버렸다고 하지 마! [포슈 하운드]의——"아, 미카즈치한테 당했던 PK들이었나."——끝까지 말이라도 하자!"

몹들을 사이에 둔 대화였다.

눈앞의 PK들은 아무래도 좋다. 플레인이 쓴 그 〈살인〉이라는 스킬이 닿지 않는 범위고, 이미 라이나와 알, 그리고 쓰러져 있는 플레이어는 확보했다.

"몇 번이나 우리를 방해해야 성이 차는 거냐!"

"아니, 몰라. 내 느긋한 게임 라이프를 방해한 건 너희잖아. 협박 섞인 길드 권유나 하고."

내 반론에 가면을 쓴 에밀리와 레티아가 PK들에게 새된 시선을 날렸지만, 장본인들은 공격을 막느라 필사적이라 몰랐다.

"이 이상 데스 페널티를 받으면 위험해! 기억해둬라! 철수다!"

그리고 PK가 두 명 쓰러졌을 때 철수 신호가 나왔다.

레티아와는 처음부터 적이 도망치거든 깊이 쫓을 필요 없다고 정해두었다. 뜻하지 않은 반격을 받기 싫다는 이유였다.

그리고 우리는 라이나와 알의 상태를 확인했다.

"복수의 상태이상인가. 움직임을 막기 위해 [수면], [마비], [매료]를 사용했어."

어느 상태이상이 걸린 건지 확인하고 곧바로 두 사람에게 회복을 위한 포션을 사용하였다.

효과는 금방 나타나서 감겨 있던 눈을 천천히 뜨는 두 사람.

"데리러 왔어. 라이나, 알."

"……유, 윤 씨? 그리고 에밀리 씨에 레티아 씨? 왜?"

"그보다도 이 상황은 대체 뭔가요?"

왜 우리가 여기에 있는지 이해되지 않는 알과 지친 듯한 표정으로 고개를 흔드는 라이나.

"뭐, 이야기는 나중에 하자. 그보다 쓰러진 사람을 도와야지."

그러자 두 사람보다 한발 늦게 자기 발로 일어서는 플레이어. PK들이 벗어나면서 상태이상의 지속시간이 다했나?
나는 그쪽을 돌아보며 말을 걸었다.

"괜찮아? 일단 PK들은 쫓아냈어."

"……어어, 감사합니다."

"그쪽은 어쩌다가 이렇게 됐어?"

"저요? 길드에 가입하라는 강요를 거절했더니 이렇게 됐어요."

무슨 운동부 애들 같은 말투에 긴장감도 없이 실실 웃고 있었다.

"일단 로그아웃해서 마을로 돌아가는 편이 좋아. 그쪽이 안전하니까. 아직 PK는 많이 있을 거야."

"알겠습니다. 충고 고마워요. 아, 그러고 보면 그 놈들이 이상한 말을 했습니다. 분명히 PK에 관련된 센스에 대해……."

"뭐?! 진짜야!"

설마 싶게 굴러들어온 정보. 플레인 대책으로 꼭 그 정보가 필요했다.

PK 행위로 얻을 수 있는 것은 게임 내의 통화인 G 이외에도 있나? 그 특성은? 또 PK들이 데스 페널티를 싫어하는 이유, 그 스킬의 자세한 내용 등. 상세정보는 하나라도 더 필요하다.

"어어, 분명히 PK 관련으로 취득할 수 있는 특별한 스킬이 있다나, 이번 소동은 한 명이라도 그 조건을 많이 만족시키기 위한 것인가 봐요. 스킬은, 그래, 이런 느낌! ──〈살인〉!"

경계 없이 다가간 내 눈앞에서 남자의 태도가 표변했다.

한순간 고개를 끄덕인 남자는 느긋한 어조로 스킬을 발동하여 공격해 왔다.

역수로 든 단도가 검붉은 이펙트를 띠면서 내 목덜미에 빨려들 듯이 날아왔다.

갑작스러운 일에 회피할 수 없어 쓰러지는 몸, 내 목에서 뽑힌 단도의 칼날과 피보라처럼 붉은 이펙트의 광채.

"……그 스킬은 이렇게도 막을 수 있군."

"뭐?!"

스킬 공격의 충격만 받았다. 무너지는 몸을 가까스로 지탱하며 버텼다.

무슨 유리 깨지는 듯한 딱딱한 소리가 한발 늦게 울리고, 남자의 표정이 굳었다. 나는 반격으로 식칼을 휘둘렀지만 간단히 빗나갔다.

백스텝으로 거리를 벌리는 남자를 붙잡으려고 그 발치로 기듯이 연접검을 뻗는 에밀리와 합성몹을 전진시키는 레티아. 하지만 두 사람의 추격은 투척나이프와 단검으로 쉽사리 가로막혔다.

"워, 워, 대단하네요. 연대가 완벽해요. 게다가 어떻게 그 암살 스킬을 막았는지 궁금한뎁쇼?"

3대1의 불리한 상황임에도 불구하고 표표한 남자의 모습에 우리는 눈을 가늘게 떴다.

"그 불쾌한 말투 좀 그만두지?"

"그래? 그럼 평소대로 말하지. 상대를 방심시키게 잔챙이인 척하는 건데, 안 어울렸어?"

혼자서 떠드는 남자를 향해 일거수일투족을 놓치지 않도록 한층 경계하는 우리 셋.

"뭔지는 모르지만, 소비성 돌격요원을 이용한 자폭공격. 힐러를 핀포인트로 노리는 식으로 약점을 찌르는 건 좋았어. 하지만 그렇게 구한 플레이어가 PK라는 생각은 없었던 모양이니까 한 명은 해치울 줄 알았는데 그게 막히다니. 어떻게 했을까? 그보다 어떻게 〈살인〉을 아는 거지?"

"한 번 본 적이 있어. 플레인인가 하는 녀석이 쓰는 걸."

"플레인 씨……. 그럼 네가 윤인가 하는 앤가? 플레인 씨가 주목할 만해! 그 뭐냐 [포슈 하운드]가 한 명이라도 많은 PK에게 스킬을 가르치기 위한 장난이었으니까, 나는 헛고생만 하나 싶었는데 재미있는 만남도 있군."

눈앞의 남자는 이쪽이 경계하는 데도 불구하고 낄낄 웃었다. 흘려들을 수 없는 말도 일부 있었다.

"……그거 해도 되는 말이야?"

"으음? 글쎄? 우리 [연옥대]와 [포슈 하운드]는 꼭 한편인 것도 아니고, 그 놈들은 지고 도망쳤잖아? 도와줄 의리도 없어."

어딘가 차가운 어조의 말에 나는 [연옥대]와 [포슈 하운드]의 관계가 얼마나 약한지 느꼈다.

"그럼 계속해보실까. 이번에야말로 내 경험치가 되어달

라고."

"저기, 제안이 있는데 두 사람은 먼저 로그아웃시켜도 될까?"

에밀리의 제안에 레티아와 나란히 후방으로 물러난 라이나와 알을 힐끗 바라보는 PK.

"으음, 그렇군. 모처럼 구했으니까. 그대로 약점이 되어 달라고 할까——〈살인〉!"

검붉은 이펙트를 띠는 투척나이프를 왼쪽 손가락에 끼우고 라이나와 알쪽으로 던졌다.

에밀리와 나는 쌍둥이를 감싸듯이 움직여서 나이프를 쳐냈지만, 그중 하나는 내 배에 꽂히고 필살 스킬의 효과가 발동했다.

"윤 씨……. 지금 우릴 감싸고……."

라이나와 알 중 누가 한 말일까. 이번에야말로 쓰러진 나는 입술만 움직여 괜찮다고 말했다.

"오오, 이번엔 쓰러졌나. 좋아. 윤이란 애는 한 번까지는 막는단 말이군. 그럼…… 다음에는 그쪽의 괴상한 무기를 쓰는 애를 쓰러뜨릴까."

"할 수 있거든 해보시지. 골렘! 마스터 권한을 행사한다! 쓰러뜨려!"

레티아에게 위양했던 몹들의 관리권을 되돌려 받아 PK에게 대처하는 에밀리.

하지만 방벽으로 사용했던 우드 돌은 방금 전의 전투로

숫자가 줄어들었고, 키메라들은 PK가 가볍게 휘두른 단도에 쓰러졌다.

둔중한 골렘을 피하며 에밀리의 앞까지 다가온 PK.

휘두르는 단도를 연접검으로 막으면서 두 사람은 맞붙었다.

"자! 자! 잘 막지 않으면 뒤쪽의 후배들한테 간다!"

"재수 없는 자식이네! 정신 흩뜨리려고 그런 소리나 하고!"

무기로는 단도 쪽이 불리할 텐데 놈의 일격은 무거웠다.

"가면 형씨! 충분히 강해. 하지만 뭔가 부족해."

"그건 그렇지. 나랑 윤은 생산직이야. 전투는 본직이 아냐."

칼날을 맞대고 힘과 힘의 대결을 벌이면서 이야기하는 두 사람.

"그런가."

그리고 거듭되는 접전으로 손이 마비되고 힘이 약해졌을 때 세게 얻어맞아서 검을 떨어뜨리는 에밀리.

"아……."

눈앞에서 힘을 모으기 시작하는 PK. 근접전투라서 몹들을 효율 좋게 움직이지 못하고, 또한 자신이 입을 피해를 고려한 에밀리는 유효한 공격을 할 수 없어 지금 상황에 이르렀다.

"그러면 끝이다. ──〈살인〉!"

"……?! 미안, 해."

스킬을 받아서 HP가 단숨에 줄어든 에밀리. 대미지를 일부 흡수하는 방어구인 [충격 흡수의 가면]에 금이 가고 빛의 입자가 되어 사라지며 맨얼굴을 드러냈다.

쓰러지는 에밀리와 함께 주위에 전개된 부하몹들이 사라졌다.

"으음, 이걸로 오늘 몫의 스킬은 다 썼군. 뭐, 나머지는 어떻게든 되려나."

"헤에, 그러니까 하루에 쓸 수 있는 회수 제한이 있단 소리네."

"윤 씨!"

"너 아까 분명히 〈살인〉에 쓰러졌을 텐데?"

돌아보며 경악스러운 광경에 눈을 치뜨는 PK. 분명 이 남자의 머릿속에서 나는 두 번이나 스킬을 막은 걸로 되었겠지만 사실은 다르다.

처음에는 내가 장비한 유니크 액세서리 [대신하는 보석의 반지]의 효과로 공격이 무효화되었다. 어떤 공격이든지 거기에 끼운 보석의 랭크에 따른 회수의 공격을 막아주는 장비. 중간 사이즈 보석은 두 번 막을 수 있을 텐데, 힐러를 해치울 때에 지팡이 끝이 스친 정도로도 대미지 판정이 있어서 소비했기 때문에 보석의 효과는 한 번밖에 남지 않았다. [어떠한 공격에도]는 뒤집어 말하면 약한 공격이라도 괜스레 소비한다는 안 좋은 사례다.

그리고 두 번째는——.

"레티아. 이걸 에밀리한테 써!"

"……! 알겠습니다."

나는 레티아에게 포션병을 던져주어 그걸 에밀리에게 곧바로 쓰게 했다.

"……쿨럭쿨럭, 고마워. 조금만 늦었으면 나 혼자 마을에서 부활할 참이었어."

"그럼 안전하게 회복할 수 있도록 포션도 쓰겠습니다."

레티아가 또 하이포션을 사용하여 에밀리의 HP를 완전히 회복시키는 광경을 보고 PK가 혼잣말처럼 말했다.

"……소생약인가. 하아, 너 우리의 천적 같은 상대로군."

두 번째 방법. 정확하게는 내가 전선에 돌아온 방법이 소생약이다.

귀중한 아이템이지만, 이럴 때에 쓰지 않으면 의미가 없다. 아낌없이 쓰게 했다.

"자, 이걸로 다시 3대1로 돌아왔군."

"으음, 이거 귀찮네. 하지만 조금 더 상대해도 좋을까, 흡!"

기합소리와 함께 나이프를 던지고 단숨에 거리를 좁히고 들었다. 〈살인〉 스킬이 없는 투척나이프 따윈 두려워할 필요 따윈 없다.

내가 라이나와 알의 앞에 서서 급소 이외에는 쳐내고 나머지는 몸으로 받아냈다.

나 혼자서 대미지를 받았을 때 PK가 내게 타깃을 바꾸고 찌르기 모션에 들어갔다.

"흠?!"

찌르기에 대해 나는 재빨리 더 앞으로 나섰다. 그대로 남자의 찌르기를 몸으로 받아냈다. 내 배에 꽂히는 단도를 보았는지 뒤에서 비명이 들렸다.

"윤!"

"에밀리! 이틈에!"

"위험한 짓 하지 마!"

찔린 단도에 슬금슬금 HP가 줄어드는 가운데, 나는 단도를 몸에 묻은 채로 칼자루를 붙들고 놓지 않았다.

"이런! 칫!"

단도를 놓고 나를 걷어차서 거리를 벌리는 PK.

마지막 발차기가 결정타가 되어서 다시금 내 HP를 깎았지만, 나는 눈앞에 표시된 선택지 [소생?]에 [YES] 선택지를 골랐다.

"나 참, 이걸로 두 번째야."

배에 꽂힌 채인 무기를 뽑고 포션으로 회복하는 나.

몸에 무기가 꽂혔을 텐데도 그 감촉이나 불쾌함은 없었다. 그저 텅 빈 몸이 찔린 듯한 감각에 역시나 게임이구나 싶었다.

"하아~, 설마 몸을 던져서 무기를 강탈하다니."

"윤, 너무 위험한 짓하지 마."

"그렇습니다. 혼자서 몸을 던질 필요는 없으니까요."

에밀리와 레티아가 걱정해주었지만 나는 괜찮다.

"자, 스킬은 다 썼고 무기는 빼앗겼다. 어쩔 거지? 더 해볼까?"

"흐음, 이거 궁지로군. 어디, 이걸로 끝난다면 좋겠는데――."

아직 〈살인〉 스킬 이외에도 비장의 수가 있는 걸까? 나는 인챈트를 연이어 걸고 클레이실드의 매직 젬을 준비했다.

"――〈새크리파이스 카운터〉."

PK가 자신에게 뭔가 스킬을 사용했다. 검은 안개가 주위에 깔리고 남자의 HP를 급속도로 줄였다. 다소 괴로운 듯한 신음소리가 들렸지만, 아무것도 아닌 것처럼 이쪽을 향해 말하였다.

"한 가지 가르쳐주지. PK들의 데스 페널티는 남에게 당했을 경우에만 발생한다. 즉, 스스로 자멸하면 통상의 데스 페널티야! 그럼 이만."

그리고 검은 안개에 HP를 계속 갉아먹힌 남자는 혼자 조용히 쓰러졌다.

4장 PVP 대회와 배틀로열

"지금 그건 뭐야?"

라이나의 의문에 빛의 입자가 되어 사라진 PK의 몸을 보면서 에밀리가 대답했다.

"분명히 암 속성의 마법이었을 거야. 자세하게 기억하는 건 아니지만, 〈새크리파이스 카운터〉는 자멸기가 아니었을 텐데."

작게 중얼거리는 에밀리의 목소리.

에밀리가 혼자 생각에 잠겨 있는데, 라이나와 알이 큰 소리를 질렀다.

"유, 윤 씨?!"

"왜, 왜 그래?"

"왜 그래가 아냐! 그 옷! 배꼽이 드러났잖아!"

"윤 씨, 몸에 변화는? 괜찮은가요?"

"배? 아, 이런……."

PK의 공격을 몇 번이나 받고 마지막에는 배로 단도를 받아냈기 때문에 방어구가 세로로 찢어지듯이 파손되었다. 평소에는 추가효과 [자동 수복]이 있기 때문에 별로 신경 쓰지 않지만, 그 효과로도 회복할 수 없을 정도로 큰 구멍이 나버렸다.

"하아, 아무튼 돌아갈까. 두 사람 모두 일단 로그아웃하고 오늘은 이만 쉬는 게 좋아."

"남의 걱정을 하기 전에 자기 걱정을 해."

"배꼽, 슬쩍슬쩍."

라이나의 한숨, 왜인지 레티아가 엄지를 세웠다.

아직 흥분한 기색인 라이나와 알은 좀처럼 로그아웃하려고 하지 않아서, 어쩔 수 없이 걸어서 마을로 돌아가기로 했다. 그동안 여태까지 숲 속에 있던 PK들이 격퇴되었는지, 숲 속에서 PK를 수색하던 파티들의 도움을 받아가면서 무사히 마을로 돌아올 수 있었다.

"나랑 에밀리는 조금 들렀다 갈 곳이 있으니까, 너희는 좀 진정되거든 로그아웃해."

"윤 씨, 괜찮습니다. 제가 살펴보면서 진정시킬 테니까요."

레티아가 두 사람을 돌보겠다고 나섰다. 미안해, 그리고 고마워, 라고 말해주었다.

"저기…… 윤 씨, 에밀리 씨, 오늘은 미안했습니다."

"신경 쓰지 마. 내가 멋대로 한 일이야."

"하지만 우리 때문에 소생약 같은 귀중한 아이템을 몇 번이나 쓴 것 같아서……. 미안해."

라이나도 알도 계속 사과하면서 고개를 숙였다.

딱 좋은 위치까지 내려온 쌍둥이의 머리를 가볍게 쓰다듬어 진정시켰다.

처음에는 허둥대던 두 사람도 차츰 부끄러운 듯이 가만히 있는 모습을 보고 에밀리가 가볍게 웃자, 라이나가 빨개진 얼굴로 노려보았다.

"윤, 슬슬 가자."

"그래, 알았어. 그럼 내일 또 보자."

이벤트는 이틀이다. 오늘이 최악이라도 내일이 좋으면 최종적으로는 좋은 느낌으로 끝난다.

그러기 위해서 나는 길드 회관의 회의실을 찾아가서 보고를 해야만 한다.

"윤 군! 돌아왔구나! 괜찮아? 무리한 거 아냐?"

"우왓?! 마, 마기 씨?! 갑자기 무슨."

회의실에 돌아와서 문을 여는 동시에 마기 씨가 걱정하며 껴안고 들었다.

특히 가슴을 들이대는 바람에 등이 쭉 펴졌는데, 옆에서 에밀리가 차가운 시선을 던지는 바람에 이번에는 식은땀이 흘렀다.

"그렇게 걱정시켰다는 소리다. 그리고 마기는 그만 떨어져라. 이야기를 할 수가 없다."

클로드의 말에 마기 씨가 떨떠름하게 나를 놓아주었다. 나를 보내는 것에 협력해주었고, 걱정해준 것에도 감사해야지.

"다녀왔어. 그쪽도 고생했어."

클로드와 마기. 그리고 리리도 모여서, 돌아온 우리를 보고 떨떠름한 표정을 하였다.

"여러모로 하고 싶은 말이 있지만, 옆에 있는 건 [소재상]

이지?"

"안녕. 뭐, 에밀리오 상태인 쪽이 이미지가 강할까. 잠깐 기다려, 변장을 풀 테니까."

가면은 깨졌지만, 보이스 체인저와 캐릭터명을 위장하는 아이템의 효과는 적용된 상태인 에밀리는 그것들을 해제하고 다시금 말했다.

"연금과 합성을 메인으로 다루는 [소재상] 에밀리야. 뭐, 내 소재를 다소 사주고 있으니까 에밀리오 상태로는 몇 번 만났지."

"윤이 몸을 숨기고 뭘 하나 했는데 [소재상]과 함께 나타나다니, 어떻게 된 거지?"

클로드는 날카로운 시선을 던졌지만, 대충 얼버무렸다.

이런 이야기를 너무 오래했다간 본론을 말할 수 없어서, 클로드는 나와 에밀리에게 자리를 권하고 '무슨 이야기부터 할까'라는 전제를 시작으로 말을 꺼냈다

"으음, 이번 소동은 PK 길드 [포슈 하운드]와 [옥염대]가 중심이지만, 나는 [그린 폴]과 [상부상조 병단]이란 중견 길드. 그 외에 무소속의 솔로 플레이어 등. 자세한 숫자는 모르겠지만, 이번 소동으로 최소 200명 정도는 있었을지도 모른다."

"상당히 많은 숫자네."

내 말에 동의하면서 마기 씨가 클로드의 설명을 이어받았다.

“이유는 몇 가지 있는 모양이지만, 하나는 우리 생산직이 악질 길드 권유에 대해 압박했던 것이 여기에 와서 폭발한 거겠지. 중견 길드는 그런 이유에 편승한 일종의 항의행동일지도. 하지만 진짜 이유가 있나봐.”

“진짜 이유? 그러고 보니 돌아왔을 때 PK들이 깨끗하게 없어졌던데.”

“그래. 그렇다면…… 미끼일까?”

내 말에 반응하여 에밀리가 중얼거렸다.

“정답이다. PK들이 어느 에어리어를 점거하기 위해, 그 눈속임으로 언뜻 무관계하게 보이는 어떤 행동을 취한 모양이다. 그렇다고 해도 그걸 실행한 것은 두 PK 길드뿐이라서 그 외는 이용당한 형태다.”

클로드가 담담히 대답하고 리리가 말을 이었다.

“독점 에어리어는 PK들이 시간 단위로 돌아가면서 지킨 모양이야. 상당한 숫자가 상주하였고 대인 전투에 강하니까 함부로 돌입했다간 질지도.”

“게다가 신규 참가 플레이어에게는 아직 손이 닿지 않는 에어리어지만, 중요도가 높은 장소까지 장악되었으니까 아파.”

짜증 어린 표정으로 마기 씨가 말하는 걸 보면 꽤나 중요한 곳이라고 느껴졌다.

“그래서 그 에어리어가 어디입니까?”

나도 알고 싶은데 에밀리가 선수를 쳤다.

“점거된 에어리어는——도등화 나무 주변이야. 소생약의 소재 채취만이 아니라 레이드 퀘스트의 발생 포인트. 아직 공략되지 않은 퀘스트니까 중요도는 높아.”

지금은 소생약의 대체 소재나 대체 레시피가 없기 때문에 소생약을 새롭게 만들 수 없다.

또한 에어리어를 장기간 점거당하거나 레이드 퀘스트가 독점되었을 경우, 게임 내 경제의 여러 부분에 파고들어서 악영향을 줄 가능성이 있다.

“너무 심해지면 운영이 나서서 계정 삭제 등의 조치를 하겠지만, 수동적인 방법이기도 하지. 가장 이상적인 것은 그 에어리어에 집착하는 이유를 없애는 거겠지.”

세 사람의 보고가 일단락 나고, 이번에는 우리가 보고를 할 차례였다.

숲에서 일어난 일 중에서 할 이야기는 많았지만, 주로 그 PK가 사용했던 〈살인〉 스킬의 객관적인 내용과 마지막에 사용한 〈새크리파이스 카운터〉라는 마법에 대한 것이었다.

“회수 제한이 있는 필살 스킬인가.”

“일단 대신하는 보석의 반지로 한 번은 막았어. 또 [소생약]으로 복귀가 가능하다는 것도 말해둘게.”

“그렇긴 해도 〈새크리파이스 카운터〉인가.”

“클로드는 알아?”

“일단 암 속성의 마법사니까. 그 마법은 말하자면 자기 HP를 소비하는 만큼 대상에게 반사 대미지의 효과를 주는 마법이다."

"그럼 어떻게 되는 거야?"

마법에는 별로 밝지 않은 나와 리리가 고개를 갸웃거리자 클로드가 친절하게도 〈새크리파이스 카운터〉의 주된 용도를 가르쳐주었다.

"그렇군. 예를 들어서 이 마법이 걸린 플레이어는 상대의 공격에 대해 반사 대미지를 줄 수 있다."

"그건 대미지를 막을 수 있는 거야?"

"방어 마법처럼 대미지를 막는 건 아니지만, 상대에게도 대미지를 준다. 뭐, 크로스 카운터라고 할까. 수수하게 유효한 파티용 마법이지."

비슷한 효과로는 블레이드 리저드의 레어 드롭인 검린석을 이용한 추가효과가 있다. 타격 공격의 경우 대미지를 반사하는 효과가 있는 등, 여러모로 도움이 된다.

"이건 PVP의 경우지만, HP를 소비해서 자기 자신에게 발동하는 것으로 전투 중에 상대가 주저할 상황을 만든다는 방법도 있지."

예를 들어서 자신이 〈새크리파이스 카운터〉를 걸면 단기적으로 HP 잔량으로는 상대가 유리하지만, 장기적으로는 공격을 했다간 서서히 불리해진다는 심리적인 줄다리기를 통해 전투를 유리하게 끌고 가는 대인기술이 있다나…….

"뭐, 이번 경우는 PK가 가진 센스의 디메리트를 회피하는 자멸기란 것이지. 게다가 〈새크리파이스 카운터〉를 사용하여 상대가 손쓰기 힘든 상황을 만드는 것으로 안전하게 자멸한다. 대인전의 스페셜리스트군."

클로드가 감탄한 듯이 중얼거리고 나도 거기에 동의했다. 간신히 물리치긴 했지만, 그 PK에게는 명확한 대미지를 주지 못했다.

"그렇긴 해도 윤찌는 너무 무모해. 그렇게 방어구가 깨졌다니. 우리는 정말로 걱정했다고."

"그래, 윤 군과 에밀리. 언니는 걱정했어."

마기 씨와 리리의 말에 얌전히 '죄송합니다'라고 사과하고 세 사람에게 무기와 방어구의 체크를 부탁했다. 그 결과, 에밀리의 몫도 포함해서 장비는 일단 메인터넌스를 받을 필요가 있다는 진단이었다.

"나는 아는 생산직에게 부탁할래. 윤은 어쩔래?"

"바쁠 테니까 수복은 언제든지 괜찮아."

내일도 이벤트가 있으니 바쁠 거라고 속으로 중얼거렸다.

"그래서, 오늘 사건으로 내일 이벤트에 무슨 영향 있어?"

"뭐, 지금 당장 PK를 어떻게 할 수 있는 것도 아니고, 이벤트를 중지할 만한 일도 아니다. 하지만 노점의 식재료 조달이 막혔으니까. 일부 이벤트는 축소하고 PVP 대회의 성공을 최우선으로 생각해야지."

클로드의 말에 나는 안도의 한숨을 내뱉었다. 나와 에밀리는 관객으로서 느긋하게 있을 생각이다.

"그래. PVP라니까 떠올랐는데, 윤이 무모한 짓을 한 벌을 주어야겠지. 일단 내일 PVP 이벤트의 오프닝 쇼에 나가라고 할까.”

“뭐?! 대체 왜!”

뭔가 번뜩인 것처럼 사악한 표정을 짓는 클로드의 제안이 곧바로 반론했지만, 아무도 내 편을 들어주지 않았다.

“아쉽지만 이번에는 클로드에게 찬성이야. 걱정 끼친 걸 반성한다면 행동으로 보여. 그렇지! 귀여운 옷으로 내일 PVP의 오프닝을 장식하는 거야! 레이스 퀸처럼!”

“그렇다면 윤의 성격과 맞춘 편이 좋지 않을까? 노출은 줄여서.”

마기 씨는 무정하게도 클로드 편에 붙었고, 나는 리리에게 눈을 돌렸지만…….

“윤찌, 힘내!”

“큭, 하지만…….”

어떻게 하면 거절할 수 있을까, 머리를 굴리는 한편으로 어떤 조건으로 클로드에게 방어구의 수복을 부탁할지 생각하는 내가 있었다.

“그렇다면 추가로 리리도 참가시켜야겠군. 이번 핵심기획을 실패한 대가를 치르게 해야지.”

그리고 내 생각은 순식간에 스테이지에 서는 방향으로 기울었다.

“뭐, 나 혼자가 아니라면.”

“설마 나까지 강제 참가??! 크로찌! 그건 내가 원인이 아냐!”

리리는 울상으로 호소했지만, 나는 도와주지 않았다. 리리에게는 미안하지만 여기선 길동무가 되어줘야겠다.

"뭐라고 할까. 윤, 의외로 소심하네."

"에밀리?! 난 그렇지 않아!"

내가 항의를 했지만, 그 전에 클로드의 손에 붙잡혀서 리리와 함께 안쪽 방으로 연행되었다.

에밀리는 먼저 로그아웃하여 내일을 준비하는 모양이고, 나와 리리는 클로드의 지시에 이것저것 옷을 갈아입어서 지친 끝에 로그아웃했다.

●

이벤트 둘째 날의 핵심기획인 PVP 대회는 마을 안이 아니라 바깥에 임시로 설치된 투기장에서 열렸다.

평소에 PVP 훈련을 하는 서문 근처에 설치된 투기장. 그 스테이지 옆에서 나는 PVP 관전을 위해 드문드문 모이는 플레이어들을 보고 있었다.

"윤찌, 진정해."

"으으……. 시작할 때까지 아직 많이 남았는데…… 벌써 긴장이……."

PVP 대회 오프닝 쇼의 사회를 갑작스럽게 맡게 된 나와 리리가 스테이즈 옆의 대기실에서 스테이지 의상으로 갈아입고 기다리자, 에밀리가 시작 전에 우리를 보러 왔다.

"안녕, 윤."
"에밀리, 와줬구나."
"안녕, 에미리찌!"
나는 오프닝 전에 아는 사람과 대화할 수 있어서 긴장한 마음이 조금 풀렸지만, 에밀리의 다음 말에 긴장 자체가 어딘가로 날아갔다.
"역시 윤은 변신 희망이……."
"아니, 없어. 역시란 건 뭐야. 이건 스테이지 쇼용 의상이야."
가면을 장착한 에밀리가 오해를 부를 만한 소리를 하기에 부정했다.
"에미리찌, 오늘은 즐겁게 보내."
"그래, 기대해볼게. 그 의상도 귀여워."
에밀리가 리리의 의상을 칭찬하자, 낯부끄러운지 얼굴을 살짝 붉히며 웃는 리리.
"윤찌, 왜 그래?"
"아니, 옷에 대해 생각했어."
그 뒤로 클로드가 고른 의상은 우리의 전투 스타일을 완전하게 무시한 디자인이었다.

"자, 이걸 임시 장비로…… "거절한다!" 그럼 이거다!"
처음에 내민 의상은 핑크색 세일러복. 다음에 튀어나온 것은 대담하게 슬릿이 들어간 하늘색 법의, 다음에는 새하

얇고 낙낙한 롱드레스와 순백의 날개가 달린 천사 의상. 종국에는 몸매가 드러나는 보디슈트 계열의 의상까지.

리리에게는 다른 것이 제시했다가 기각을 먹고, 최종적으로 나와 리리가 타협점을 찾는 느낌으로 지금 의상을 골랐다.

내가 고른 의상은 개조 법의였다.

시커멓게 염색된 상하의 일체형 옷은 터틀넥이라서 목덜미나 쇄골을 노출하지 않는다.

옷 전체의 섬세한 장식으로 가슴께에 은실로 십자가 자수가 들어가고, 상하의 일체라서 넉넉하게 만들어졌다. 하지만 허리를 끈으로 졸랐기 때문에 사이즈가 넉넉하다고 해도 몸매가 눈에 띈다.

신체 노출은 적은 반면 소매 없는 옷은 팔이 그대로 드러나기 때문에 팔꿈치까지 오는 장갑을 끼었다. 노출도는 압도적으로 낮지만, 어디를 어떻게 봐도 여자다.

“고육책으로 골랐지만…….”

“그래서 윤이 입은 건 수녀복으로밖에 보이지 않아. 뭔가 에로해.”

“왜 그렇게 되는데!”

“어쩔 수 없잖아. 반응이 좋을 만한 옷을 입어야지.”

리리는 낙담하는 나를 위로하였지만, 네 의상도 비슷하다고 생각하면서 즉석 메이스를 가까이 끌어와서 움켜쥐었다.

"리리도 별로 다를 것 없잖아! 아니, 오히려 너무 편승했어! 남자잖아!"

"뭐, 이럴 때밖에 할 수 없으니까."

갈색 후드에 흰색과 녹색의 식물을 이미지한 소녀의 옷. 바지는 호박 바지처럼 둥그스름한 디자인에 시스루의 검은 천이 스커트처럼 나풀거렸다.

남자의 옷이라기보다는 할로윈 계열 마법소녀 의상이었다. 무엇보다도 향주머니 같은 호박이 달린 긴 지팡이가 그런 이미지였다.

그걸 미묘한 표정으로 바라보는 에밀리.

"노출이 적은 만큼 윤의 가는 허리나 흐르는 듯한 엉덩이 라인을 곡선으로 표현하고 있어. 리리 쪽은 아직 제2차 성징이 시작되지 않았으니까 중성적인 귀여움이 있어. 양쪽 다 전체적으로 둥그스름한 실루엣이 원인이라고 간단히 분석해봤어."

"큭, 나는 남자인데."

"자, 자, 여기까지 왔으면 포기하자. 게다가 이미 스테이지가 시작되었어."

"어?! 거짓말!"

"그럼 나는 관객석에서 지켜볼게."

에밀리는 살랑살랑 손을 흔들더니 떠나갔다. 남겨진 나는 어쩔 수 없다며 마음을 고쳐먹었다.

"어쩔 수 없지. 준비는 괜찮아?"

"완벽해! 가자, 윤찌."

리리에게 손을 붙잡혀서 스테이지 옆을 달려갔다.

PVP 회장에 설치된 스테이지 위에는 지금 오프닝 쇼의 시작에 임하는 플레이어들이 기다리고 있었다.

[다들, 쌩쌩해?]

아이돌 뺨치게 미소를 짓는 리리와 함께 나도 최대한 애교 있게 웃으면서 주위로 손을 흔들었다.

"어이, 마녀인가. 아니, 여장 남자?", "그리고 보모.", "아니, 시스터다!", "그럼 성모. 성녀?", "성보모인 걸로.", "그거다!"

나는 쓴웃음을 지으면서도 주위에게 손을 흔들며 어필했다.

리리가 다음으로 넘어가라고 눈짓하기에, 내가 입을 열었다. 광역 채팅 상태로 목청을 높였다.

[이벤트 둘째 날의 핵심기획. 모두가 고대했던 최강결정전! PVP 대회, 개막이다!]

[이 PVP는 예선과 결승전의 2단계 배틀로열 방식으로 치러져.]

[예선 룰은 회복 마법과 회복 아이템의 사용 금지. MP 회복을 위한 MP 포션의 사용은 열 개까지. 또한 편리한 소모품 등의 배틀 아이템은 전부 금지. 지혜와 용기와 자신의 무기와 센스를 믿고 싸우자!]

[제1단계는 참가자가 한꺼번에 싸우기 때문에 승자가 일

정 숫자 이하가 될 때까지 싸우도록 해.]

[살아남은 플레이어가 치르는 배틀로열 제2단계, 결승전은 회복 아이템의 사용 제한을 일부 해제. 여기서 진정한 왕을 결정한다!]

여기서 내가 리리와 목소리를 맞추도록 신호하였다.

[[——자, 싸움이 모인 강자들이여! 모두의 기대를 받아 전력으로 싸움을 벌여보아라!]]

클로드가 생각하고 리리와 함께 하룻밤 동안 연습한 포즈.

서로의 지팡이와 메이스가 교차되도록 밑에서 맞부딪치며 등을 맞대고 한쪽 발을 앞으로 내밀었다.

[[——자, 싸움의 개막이다!]]

이 정도가 되면 오히려 즐거워졌다. 나와 리리는 교차시킨 무기를 기세 좋게 쳐들었고, 그 타이밍에 맞추어서 몇몇 마법이 머리 위로 발사되는 수순이었다.

퍼어엉——.

마법이 발사되고 무기를 쳐든 나와 리리를 향해 회장 전체에 환성이 일었다.

그때 내 상하의 일체인 법의가 발사된 마법의 여파와 기세 좋게 쳐든 무기의 풍압, 정확하게 말하자면 리리의 커다란 호박 스틱이 만든 풍압에 휘말렸다.

법의 아래에는 바지를 입었지만, 그렇다고 창피하지 않은 건 아니다.

다리는 그대로 보이고, 허리와 배까지 드러난 뒤에 시커

먼 천이 풀썩 내려왔다.

[보, 보…….]

나는 창피함에 얼굴이 뜨거워지고 메이스를 든 손으로 내려온 옷을 뒤늦게나마 눌렀다.

무슨 말을 하려는 내게 귀를 기울이는 회장 전체. 광역 채널 모드로 방송되는 내 목소리가 거기에 울렸다.

[——보지 마아아아!]

그대로 도망치듯이 스테이지 옆으로 달려갔다.

[아, 윤찌, 기다려!]

리리가 다급히 뒤를 쫓아왔지만, 정신없이 달려간 무대 뒤에서는 뒤를 이은 클로드가 곤혹스러운 목소리로 설명을 계속했다.

[배틀로열은 이 뒤 바로 시작된다. 도중 참여, 난입 참가 가능. 도중 참가할 플레이는 전용 접수처에 가도록. 난입은 그때마다 페널티를 정한다. 또한 우승자에게는 당연히 우승상품이 준비되어 있다.]

클로드가 말을 마치고 제1단계 준비에 들어갔을 무렵, 나는 스테이지 뒤에서 뤼이와 자쿠로를 불러서 뤼이의 몸에 얼굴을 묻었다.

"……이제 싫어."

"윤찌, 미안."

"이제 됐어. 그리고 연습 때에는 안 그랬으니까 다른 게 원인이야."

눈가에 맺힌 눈물을 닦으며 미묘한 미소를 리리에게 보냈지만, 죄악감이 리리의 밝은 표정을 흐려 언제까지고 이렇게 있으면 안 되겠다는 마음을 불러 일으켰다.

"으으! 생각하는 거 그만둘래! 그만!"

"윤찌?"

"이번 건 죄다 클로드 때문! 오프닝 스테이지에 세우기도 하고, 응! 클로드가 잘못했어."

"크로찌 잘못?"

"그래, 클로드 잘못이야."

"그래. 크로찌가 나빴어!"

몇 번이나 말하다가 뭐가 웃긴지는 스스로도 모르겠지만, 리리와 함께 웃음을 터뜨렸다.

"하아, 그러면 나는 관객석 쪽으로 이동할게."

"아, 나도 갈래. 관객석에서 도중 참가할 사람들을 모집할 거니까."

리리와 함께 관객석 쪽으로 들어가니 근처에 있던 플레이어들이 이쪽을 보았다.

"아까 건 신의 바람이었어.", "그래, 스패츠인 게 아쉽지만, 그 풋풋한 반응을 본 것만으로도 좋아.", "납작가슴 시스터가 부끄러워하는 모습으로 충분해.", "반대로 치녀 스타일에 아무런 매력도 찾아낼 수 없게 된 우린 변태 신사.", """"격렬히 동의.""""

내가 날카롭게 노려보자, 아무 일도 없었던 것처럼 시선을 돌리고 보란 듯이 휘파람을 불며 얼버무리는 고전적인 방법을 취했다. 그걸로 넘어갈 수 있을 거라고 생각했냐? 라고 생각하면서 에밀리가 있는 관객석으로 향했다.

“윤, 수고했어. 그리고…… 운이 없었네.”

“그래, 맞는 말이야. 그런데 라이나랑 알은?”

“아직 안 왔나 봐.”

에밀리의 옆에 앉는 나와 내 무릎 위에 앉는 자쿠로와 뒤에 앉는 뤼이. 이것만으로도 상당한 공간을 먹지만, 왜인지 주위에는 사람이 적었다.

“그럼 윤찌, 나는 도중 참가자를 찾아올게.”

그렇게 말하고 플래카드를 인벤토리에서 꺼내어 관객석을 돌아다니는 리리.

그런 리리와 엇갈리듯이 라이나와 알, 그리고 그 뒤에서 팝콘 양동이를 껴안은 레티아가 서 있었다.

“……윤 씨! 에밀리 씨!”

“안녕.”

어젯밤에는 쌍둥이를 레티아에게 맡겨놓고 인사도 대충 하고 헤어졌는데, 두 사람은 제대로 마음을 정리할 수 있었던 모양이다.

“어제는 괜찮았어?”

“괜찮아요. 자, 라이도.”

“어어, 저기, 어제는 고마웠습니다.”

라이나는 다소 딱딱한 느낌이 남았지만, 알에게 떠밀려서 계속해서 말했다.

"앞으로 그런 일에 휘말리지 않도록 알이랑 같이 더 강해질게!"

"아니, 별로 신경 쓸 필요는 없을 거야."

"그리고! 윤 씨랑 에밀리 씨처럼 멋지고 귀여운 여성을 목표로 할래!"

내 주변의 공기가 빠직 얼어붙었다.

——나는 남자다.

묘한 침묵에 라이나가 허둥거리고, 레티아가 와작와작 팝콘을 씹는 소리가 울렸다.

"저기, 라이나. 나는 남——"언니~~."——우왁! 뮤우?!"

갑자기 뒤에서 안겨든 뮤우 때문에 나는 앞으로 넘어질 뻔하다가 버텼다.

돌아보니 뮤우의 파티 멤버인 루카토, 토우토비, 히노, 코하쿠, 리레이.

게다가 타쿠의 파티 멤버인 미니츠와 마미가 있었다.

"너희들 어떻게 여기에……."

"아니, 다들 앉을 수 있는 관객석을 찾고 싸우기 전에 뭘 좀 먹으려고——."

"그렇다고 달려들어?"

에헤헤 웃으면서 얼버무리는 뮤우에게 한숨을 내쉬면서 떼어냈다.

"뤼이도 자쿠로도 나를 응원해!"

목덜미에 얼굴을 묻듯이 두 마리를 껴안는 뮤우의 뒤에서는 루카토가 난처한 얼굴로 서 있었다.

"금방 시작해요. 윤 씨, 시끄럽게 굴어서 죄송합니다."

"나는 괜찮은데 다른 사람들이……."

슬쩍 에밀리 등에게 눈을 돌리자 상관없다는 대답이 있었다.

"같이 있는 편이 즐겁잖아? 게다가 공간을 비워두는 것도 아까워."

"에밀리 씨, 고마워요."

두 줄에 걸쳐서 우리가 우루루 앉은 것만 해도 여태까지 비어 있던 공간의 절반 가까이가 찼다.

"그래서 너희는 PVP 대회에 참가해? 그리고 케이랑 간츠는?"

뒤에서 레티아와 가볍게 과자 교환을 시작하는 뮤우에게 묻자, 스틱형 과자를 우물우물 다 먹은 뒤에 대답이 돌아왔다.

"참가는 나랑 루카, 토비, 그렇게 셋뿐이야. 그리고 타쿠 오빠, 케이 씨, 간츠 씨도 참가하니까 미니츠 씨랑 마미 씨를 데려왔어. 그 외에 아는 참가자는 세이 언니와 미카즈치 씨도 참가 예정."

루카토와 토우토비에게 힘내라고 말해주자, 바로 참가 플레이어가 대회 회장에 입장하기 시작했다.

"아, 세이 언니다! 언니!"

"어이, 관객석에서 뛰어내리지 마!"

관객석의 난간에 다리를 올리고 그대로 점프로 뛰어내려서 대전 필드에 서는 뮤우. 루카토와 토우토비는 다급히 정규 입장구로 뛰어가서 그 뒤를 쫓았다.

"언니~! 힘내!"

검을 뽑고 붕붕 휘두르는 뮤우. 위험한데다가 주위 사람들에게 방해되니까 그만둬.

"나 참, 시끄러운 동생이라 미안해."

남은 사람들을 향해 고개를 숙였지만, 신경 쓰지 않는다는 따뜻한 말이 돌아왔다.

장본인은 세이 누나에게 안겨들었다.

뒤늦게 나타난 루카토와 토우토비에게 내가 관객석 위에서 응원해주자, 손을 흔들어 답해주었다.

관객석에 있는 우리는 첫대면이 많은 관계로, 서로 가볍게 자기소개를 한 뒤에 계속 모여드는 참가자 안에서 아는 사람을 찾았다.

"다른 사람들은 어디에 있지?"

"아, 케이가 있다."

"그래, 타쿠랑 간츠도 있어."

재빨리 지인을 찾아낸 마미 씨와 미니츠가 가리키는 곳에서 과묵한 납빛 전사인 케이와 격투가 간츠, 그리고 내 친구인 타쿠를 발견했다. 세 사람은 시합 전에 가볍게 이야기를 나누고 거리를 벌리기 시작했다.

"자, 지금 응원하지 않으면 시합 시작돼."

응원을 부끄러워하던 마미 씨였지만, 미니츠의 말에 합성 몹인 윈드 젤을 껴안은 팔에 힘을 넣고 응원했다.

"케이! 히, 힘내!"

목소리가 닿았는지 관객석의 마미 씨를 향해 손을 흔드는 케이. 그 모습에 기쁜 듯이 미소 짓는 마미 씨의 모습. 왠지 훈훈한 광경에 나도 흐뭇하게 느꼈지만.

"켁, 이 녀석 리얼충이다.", "그래, 우리의 적이군.", "제일 먼저 없애버릴까.", "이렇게 인기 있는 놈이 눈에 띄면 안 되지. 꼭 없애자.", "박살내버려어어어!"

케이의 주위가 순식간에 살기를 띠고, 전투 전인데도 불구하고 꽤나 살벌한 분위기를 드러내었다.

"어, 어라?"

[카운트다운을 시작한다. 3, 2, 1——배틀 스타트!]

귀엽게 고개를 갸웃거리며 머리 위에 물음표를 띄우는 마미 씨였지만, 무정하게도 싸움이 시작되었다.

""""리얼충 따위는 죽어버려!""""

지옥 밑바닥에서 울리는 듯한 원념의 소리를 지르며 손톱이 파고들만큼 무기를 굳게 움켜쥔 남성 플레이어들이 일제히 케이에게 덤벼들어 멍석말이를 시작했다.

그걸 본 미니츠는 '아차, 응원 타이밍이 틀렸나'라고 중얼거리며 이마에 손을 대고, 굳어버린 마미를 흔들어 정신 차리게 하였다.

이렇게 PVP 대회의 싸움이 시작되었다.

●

“아앗?! 케이가 남자 집단 사이에 빨려들어서 사라졌다?!”

“그는 질투의 파도를 견딜 수 없었어. 그 외에도 게임에서 연인을 만들었다는 소문인 사람들이 당하고 있습니다.”

“세상은 무정하네.”

그런 감상을 말하는 미니츠와 레티아. 마미 씨는 시작하자마자 탈락한 케이를 위로하러 달려가서 여기에 없다.

질투의 집중공격도 차츰 진정되고, 정상적인 배틀로열의 모습을 보이기 시작했다.

[예선은 승자가 일정 숫자로 줄어들 때까지 배틀로열이다! 회복 아이템에 제한이 있고, 살아남을 수 있으면 최종 결승전 배틀로열을 한다!]

클로드의 해설을 들으면서 아는 이들의 활약을 눈으로 좇았다.

“우와, 대단하네. 저 사람, 마법을 아주 잘 써.”

“그 마법의 탄막을 치는 게 [수정의 마녀]——세이 씨라는 플레이어. 윤의 언니야. 마법직의 이상을 체현한 전투법이지.”

“아니, 저기에 대처하는 건 무리예요. 저 연속 마법으로 시간을 벌고 상급 마법으로 공격을——.”

알이 자기로서는 저걸 돌파하거나 같은 짓을 하는 건 무리라고 단언하는 물 마법의 탄막. 그 마법의 탄막을 빠져나간 한 명이 세이 누나에게 접근했지만.

"——〈그람 소드〉."

그 플레이어를 향해 뻗은 지팡이 끝에서 물의 칼날이 생겨나가서 베어버렸다.

"——지금처럼 봉술도 제법 하니깐, 돌파하려고 해도 봉술에 찔리고 마법에 얼어붙지."

세이 누나를 주의 깊게 관찰하는 알에게 해설해주는 코하쿠. 그 옆의 리레이는 근질거린다는 움직임으로 뒷자리에서 내 쪽에게 슬며시 다가왔다.

"그 둥글둥글한 엉덩이와 얌전한 가슴. 수녀복 안에는 온 세계의 망상이라는 신앙심이 모여 있어요. 그런 귀여움과 늠름함이 동거하는 소녀가 눈앞에 무방비하게——"리레이, 지금은 응원에 집중해야 하니까!"——뭐, 다음 기회에. 힘내세요!"

시선을 맞추지 않고 리레이의 목덜미를 붙잡는 코하쿠의 대처에 이쪽도 익숙해지기 시작했다.

"아, 미카즈치 씨네요."

이어서 히노와 라이나가 나란히 미카즈치에 관해 해설하였다.

히노와 라이나는 나이 차이와 플레이어 경력, 레벨 차이 등과 관계없이 마음 편한 친구 관계를 쌓고 있었다.

"미카즈치 씨의 기본은 봉술이지만, 무기 형태가 비슷하니까 꽤 참고가 되는 점이 많아. 봉과 창의 차이니까 나도 PVP 때는 잘 지켜보고 있어."

히노는 망치와 장창이라는 두 종류 무기를 나눠 쓰는 파워 타입. 라이나는 단창과 방패를 쓰기 때문에 차이는 크겠지만, 보면 참고가 되겠지.

미카즈치는 배틀로열인데도 불구하고 세 명의 플레이어에게 둘러싸인 상태였다. 적어도 자기가 이기기 위해서는 눈이 마주친 플레이어가 즉각 연대를 취해서 강자를 사냥한다.

"오오, 이런 일도 있군."

즉흥적인 연대라지만 어지간한 플레이어라면 피할 수도 없는 공격을 하는 플레이어도 그렇고, 그걸 받아내면서 반격을 하는 미카즈치의 대단한 기량에 감탄사가 나왔다.

체간을 굳건히 유지하면서 날리는 날카로운 찌르기가 방어구 이음매를 정확하게 찔렀다.

다만 전에 플레인과 벌였던 대결 때보다 다소 느리게 느껴지는 걸로 보아, 여력을 남기는 게 분명했다.

"자, 윤. 네 여동생도 열심히 싸우고 있어."

"아, 진짜다. 그보다 왜 저런 상황이 된 거야?"

처음에는 뿔뿔이 흩어져서 시작했을 텐데, 어느 틈에 뮤우와 루카토가 합류해서 서로 등을 맞대고 검을 들고 있었다.

그 주위를 에워싸듯이 함께 싸우는 플레이어들.

유력한 플레이어를 먼저 없애려는 거겠지만, 손을 잡은 저 두 사람에게 공격했다간 금방 반격을 받는 경직 상태.

"대단하네. 역시나 평소부터 파티를 짜는 만큼 호흡이 딱딱 맞아."

"그래. 하지만 지인들끼리 짠 것처럼 싸우는 건 좋지 않아."

그건 나도 그렇게 생각했다.

배틀로열 방식 PVP에서는 즉석 연대 같은 요소도 하나의 재미다. 그렇기 때문에 서로 모르는 플레이어들이 손을 잡고 힘겨운 상대나 강한 상대에게 복수로 덤벼서 전투를 유리하게 이끌어간다.

그런 가운데 평소부터 파티를 짜고 고레벨의 연대를 취한 두 사람이 나타나면, 원사이드 게임이 될 가능성이 있다. 그건 이벤트로서는 대단히 문제다.

하지만 두 사람의 주위가 공격을 멈추고 슬금슬금 거리를 벌어지기 시작하자――.

"간다, 루카."

"예, 뮤우. 봐주는 것 없이."

그런 짧은 대화 뒤에 등을 맞대던 두 사람이 갑자기 서로 마주 보며 서로에게 공격하기 시작했다.

여태까지 멋진 연대를 보였는데 왜 갑자기 저러나 싶어서, 회장을 크게 놀라게 했다.

또 이걸 오히려 기회를 보아 느슨해진 포위망을 좁혀 두 사람을 공격했다간 여태까지와 마찬가지로 두 사람이 서로의 사각을 커버하도록 연대를 시작했다.

“낚시인가?”, “연기?”, “하지만 저 싸움은 진짜 같은데.”

PVP 참가자들이에게 그런 술렁거림이 들리는 가운데 내 근처에서는 히노와 코하쿠가 ‘역시나’라고 중얼거리면서 한숨을 내쉬었다.

“저건 왜 저러는 거야, 히노, 코하쿠?”

“아니……. 애초에 두 사람은 이렇게 되는 걸 기대하고 있었을 거라고 생각하는데.”

“항상 같은 파티 멤버니까, 이런 장면에서 진짜로 싸워보고 싶은 거 아닐까?”

그런 히노와 코하쿠의 해석을 듣는 동안에도 두 사람의 싸움은 한층 격렬해졌다.

뮤우와 루카토의 대결은 십, 이십 합으로 거듭되면서 속도를 계속 올렸다.

서로 기량을 다 꺼내는 격렬한 공방. 뮤우의 특기인 다각적인 마법과 칼부림 앞에서 루카토는 발동을 미리 읽어내고 기선을 제압하였다.

루카토는 뮤우와의 공방에 불리한 바스타드 소드가 아니라 평범한 장검을 양손으로 들고 상대의 돌출을 저지하며 동요하는 상황에 일격을 날렸다.

뮤우도 사납게 공격해댔다. 행동의 캔슬이나 페인트로 오히려 싸움의 주도권을 가져갔다.

뮤우의 마법 발동을 탐지하여 그걸 저지하는 루카토. 하지만 마법 발동을 미끼로 검으로 공격을 가하는 뮤우.

격심한 칼부림 뒤로는 짧고도 농밀한 심리전을 벌이는 두 사람. 그리고 그 결말은――.

"――앗!"

"거기다! ――〈피프스 브레…….'"

뮤우의 장검이 루카토의 장검을 끌어들이는 형태로 날아가고 루카토가 빈손이 되었다. 이때가 승부라고 보고 혼신의 일격을 날리려고 검을 대상단으로 드는 뮤우.

"아직입니다! ――〈그랜드 슬래시〉!"

등에 짊어진 바스타드 소드를 뽑아서 뮤우의 아츠에 대응하는 루카토. 승리를 확신한 뮤우의 첫 공격을 힘으로 막아내고 아츠의 경직 시간을 노리기 위해 그대로 힘으로 뮤우를 날려버렸다.

정말 한순간, 아직 동요가 가시지 않은 뮤우가 검을 수습하는 게 늦었고, 그 틈을 노린 최후의 일격. 공격을 받아 HP를 잃은 뮤우는 필드 밖으로 강제 배출되었다.

두 사람의 싸움은 보는 쪽도 손에 땀을 쥐는 일진일퇴의 공방이었다. 그게 끝날 때까지 두 사람에게 모인 뜨거운 시선은 승부의 결판과 함께 함성으로 바뀌었다.

아직 PVP는 계속되었지만, 루카토는 어딘가 후련한 표정이었다.

다소 길다고도 생각되는 그런 숨 돌리는 시간에 탈락한 뮤우가 관객석 제일 앞줄까지 뛰어가는 게 보였다.

"——루카!"

딱 관객석의 출입구 지점. 거기에 방금 전까지 필드 중앙에서 싸움을 벌였던 뮤우가 나타났다.

"나한테 이겼으니까! 끝까지 이겨!"

"예! 지켜보세요!"

그렇게 말하고 뮤우 쪽으로 검을 쳐드는 루카토. 거기에 대해 뮤우도 피스 사인을 보내며 웃어 보였다.

이런 일련의 싸움에 찬물을 끼얹는 놈이 주위 사람들에게 쫓겨나는 장면은 없었던 것으로 하고 싸움은 계속 이어졌다.

간츠는 혼자 선전했지만, 격투가의 짧은 리치 때문에 고전할 수밖에 없었다.

토우토비는 속도와 급소를 노리는 특기를 살려서, 멀리 떨어진 적에게 소리 없이 달려가서 공격하고 이탈. 공격 받은 상대는 옆의 플레이어에게 공격받은 걸로 착각하고, 그게 연쇄되어 혼전, 난전으로 발전하였다.

"토우토비는 잘하네. 배틀로열에서 꽤나 HP를 온존하고 있어."

많은 플레이어가 서로 싸우는 바람에 HP에 여유가 있는 사람이 적은 가운데, 토우토비의 전투법은 효율적이었다. 또 혼전을 유발하는 것 외에도 HP가 얼마 남지 않은 플레이어를 적극적으로 노리기도 했다.

"그와 비교해서 타쿠는."

옆에 앉은 에밀리의 시선 끝에 타쿠가 있었다.

타쿠는 처음에 케이가 그랬던 것처럼 집단에게 공격을 받아서……. 현재 도망쳐 다니고 있었다.

“어이! 윤! 뮤우!”

“저 녀석, 일부러 도발하는 건가? 아니면 진짜로 도망 다니는 건가?”

“타쿠 오빠! 힘내!”

뒤에서 분노한 표정으로 쫓아오는 플레이어의 공격과 마법을 깔끔하게 피하면서 이쪽으로 손을 흔드는 타쿠.

그게 질투의 불꽃으로 미쳐 날뛰는, 여친 없는 플레이어의 마음에 더욱 연료를 투하하는 결과가 되었다.

“어떻게든 밟아버리겠어!”, “소꿉친구가 미인 세 자매라니, 없어져버려어어어!”, “꼴사납게 져버려! 추하게 져버려! 목숨이나 구걸해애애애!”, “목숨 구걸도 없다. 압도적인 패배를 주마!”

자기가 PVP에서 이기지 못해도 좋다. 하지만 이 녀석만큼은 못 놔둔다. 그런 귀기 어린 플레이어 사이를 표표히 도망 다니는 타쿠. 때때로 자신을 쫓아오는 플레이어를 전투를 벌이는 집단 사이에 밀어 넣어서 전체를 소모시켰다.

“쪼, 쪼잔해! 회피 능력과 공격을 흘리는 능력은 높지만, 전투방법이 전체적으로 쪼잔해…….”

“뭐, 무모한 싸움이 될 테니까.”

마찬가지로 질투에 미친 플레이어들을 상대로 한 케이는

이미 물량에 눌려서 당했고, 간츠는 그냥 평범하게 질 것 같은 분위기. 아, 졌다.

싸움은 중반전에서 후반전으로 접어들고, 많은 플레이어가 소모되면서도 계속 싸웠다.

지인들 중에 남은 것은 타쿠, 세이 누나, 루카토, 토우토비, 미카즈치였다.

그런 강호들이 남은 예선. 관객석 일부가 다소 시끄러워지기 시작하는 가운데, 그 중심에 있는 한 플레이어가 천천히 일어서서 PVP 참가자들에게 사나운 미소를 보냈다.

"——[옥염대]의 플레인이다."

누군가가 그렇게 말한 순간, 여태까지 관객석에서 대전필드를 내려다보던 플레인이 앞줄의 난간에 발을 올리고 필드로 뛰어내렸다.

수면에 생긴 파문처럼 퍼지는 술렁거림을 본인도 자각하면서 무기인 검은 세검을 뽑고 PVP 플레이어들에게 접근하였다.

소문으로밖에 모르는 극악 PK 길드의 수령인 그의 이미지가 앞서서 공포심만이 자리에 전파되었다.

"난입 참가자다!"

나는 관객석에서 튀어나온 부분에서 사회를 맡은 클로드를 보았다.

[재미있군, 특례로 허가하지. PK도 PVP도 넓은 의미로는 같은 대인전투. 다만! 페널티로 스테이터스의 7할 커트와

소비 아이템의 사용 불가, HP의 절반 제한이다!]

"흥, 절반의 실력으로 충분해."

그렇게 중얼거리고 제일 가까운 플레이어를 공격하는 플레인. 페널티를 받았음에도 불구하고 그 속도에 반응할 수 없어서 세검의 공격에 한 명이 쓰러졌다.

"의욕 좀 내봐라! 뭣 하면 핸디캡 좀 더 줄까?"

플레이어를 도발하는 말에 참가 플레이어들이 들끓었다. 또 어제 PK 소동으로 악감정을 품은 관객들이 'PK는 용서 못 해!'라고 욕설을 퍼붓기 시작했다.

"그래! 나는 PK다. 마음대로 날뛰는 게 내 방식이야!"

본인은 유쾌한 듯이 검을 휘두르고 도발을 거듭했다. 아무리 봐도 악당이다.

하지만 그 태도에 위화감을 느꼈다.

플레인은 전투광 악역이 틀림없지만, 본인은 사악한 성격으로 보이지 않았다.

그중에서 플레인에게 향하는 플레이어 한 명이 나타났다.

"타, 타쿠 씨?!"

라이나와 알이 눈을 반짝이며, 플레인에게 맞서는 타쿠를 보았다. 여태까지 도망만 다니는 것처럼 보였지만, 아니, 지금도 뒤로 다른 플레이어들을 끌어들여서 플레인에게 향하는 타쿠.

"덤비는 녀석이 있다니! 좋아! 상대해주지!"

"그럼 그 말을 고맙게 받아서――."

타쿠가 플레인의 검은 세검의 공격 범위에 들어간 순간, 날아든 세검의 일격을 장검으로 오른쪽으로 흘려낸 타쿠는 그대로 플레인의 옆을 빠져나갔다.

"——내 뒤에 있는 놈들 처리 좀 부탁해!"

"우왓, 끝까지 저런 식이냐, 저 자식."

OSO의 몬스터 토벌 동영상을 보고 타쿠에게 동경을 품었던 라이나와 알은 입을 쩍 벌렸다. 또 두 사람의 옆에 앉은 히노, 코하쿠, 리레이는 안타깝다는 시선을 보내었다.

플레이어들을 떠맡게 된 플레인은 도망치는 타쿠보다도 살기 띤 플레이어 집단에게 환영하듯이 두 팔을 벌리더니 세검을 휘두르고 쓰러뜨렸다.

플레인을 중심으로 한 난전을 향해 고함을 지르는 플레이어에게 시선이 모였다.

"플레이이이인!"

포효를 지르며 플레인에게 돌진하는 미카즈치가 있었다.

길을 여는 플레이어는 무시하고, 방해되는 플레이어는 날려버리고, 반격을 받으면서 닥치는 대로 그대로 돌진했다.

그리고 플레인의 눈앞에 도착했을 때, 그를 둘러싼 플레이어의 벽이 가로막았지만——.

"뛰, 뛰었어?!"

미카즈치는 지면에 세운 봉을 사용하여 장대높이뛰기의 요령으로 사람 키의 두 배 정도 높이로 뛰더니 봉을 대상단 자세로 들었다.

"이거나, 처먹어라아아아아!"
"흥! 어디 해보시지!"
미카즈치의 모든 체중과 낙하의 기세를 합친 타격을 가는 세검으로 받아내는 플레인. 그 충격에 지면에 몇 센티미터 정도 다리가 가라앉고 주위에 균열이 일었다.
"너랑은 두 번째로군, 미카즈치! 전에는 무승부였지만, 이번에는 네 무대에서 압도적으로 이겨주마!"
"흥! 일부러 지려고 찾아오셨나! 게다가 전에는 무승부가 아냐. 플레인, 네가 도망쳐서 끝이 안 났잖아! 이번에야말로 끝내주마!"
서로 무기를 밀어대며 근접한 채로 눈씨름을 벌이는 두 사람.
"너희들! 플레인은 내 먹잇감이야! 나서지 마!"
"누님!", "누님!", "그렇다고 누님 혼자서!"
미카즈치를 따르는 플레이어들일까. 그들은 플레인과 상대하는 미카즈치를 걱정하며 지켜보았지만, 나서지는 않았다.
"제길! 누님의 결투가 방해받는 일 없도록 해라! 주위 녀석들을 배제한다!"
"""오옷!"""
"대단하네. 여러 가지 의미로."
미카즈치를 방해하지 않도록 미카즈치의 지인들이 주위 플레이어들을 배제하는 등, 배틀로열의 뜨거운 종반전이 벌어졌다.

플레인과 미카즈치의 일대일 대결은 서로 핸디캡을 진 상태였지만, 이전처럼 직접적인 타격전은 처음에 미카즈치가 모든 체중을 담아서 날렸던 일격밖에 없었다.

조용히, 그러면서도 격렬한 페인트와 회피의 응수였다. 두 사람이 공격할 때마다 바람 가르는 소리가 울리는 가운데, 플레인의 세검이 미카즈치의 앞머리를 스치고, 미카즈치의 봉이 플레인의 옷에 걸렸다.

서로의 기량을 알고 자신의 남은 HP로는 일격만 맞으면 끝이라는 걸 아는 두 사람이기에 가능한 싸움.

무기를 마주치지 않는 두 사람의 싸움에 관객석의 분위기가 뜨거워졌다.

"플레인, 얼른 쓰러져버려!", "져라! 지란 말이야!"

플레인에 대한 야유, 욕설은 듣는 쪽에게 별로 기분 좋은 게 아니지만, 본인은 산들바람이라도 맞는 것처럼 자연스럽게 받아들였다.

거기에 대해 반대로 미카즈치가 반응하였다. 한순간 목소리에 반응하여 움직임을 멈추었다. 그걸 놓치지 않은 플레인은 그 순간 가장 빠른 찌르기를 미카즈치에게 날렸다.

조용한 싸움은 조용하게 끝을 맺었다.

[——예선 종료다! 기정 인원 플레이어까지 숫자가 줄었기 때문에 여기서 일단 끝낸다! 한 시간 뒤에 PVP 결승전을 한다!]

사회를 맡은 클로드의 목소리가 울렸다.
미카즈치의 이마에 닿기 직전에 멈춘 검은 세검은 누가 봐도 미카즈치의 패배라는 판단을 내리기에 충분하였다.
“칫, 목숨을 건졌군.”
“시끄러. 이걸로 비겼어.”
분한 눈치인 미카즈치에게 플레인은 어깨를 으쓱여주더니 필드 중심을 향해 뚜벅뚜벅 이동하였다.
[너희들! 잘 들어! 나는 [옥염대]의 플레인이다! 너희 같은 패배자가 불만을 품는 건 잘 알고 있다!]
PVP 예선이 끝난 직후의 말에 많은 플레이어가 놀라 눈을 치떴다.
[우리는 [도등화 나무] 주변을 점거했다. 우리 PK에게 진 녀석들이 아무리 투덜대더라도, 패배는 사실이다! 내게 이기고 싶거든 거기를 되찾아봐라! 혼자서 와도 좋다! 집단으로 와도 좋다! PK를 한 명 죽이면 PK의 레벨은 내려간다! 반대로 PK에게 당하면 우리는 더욱더 강해진다! 자, 불만이 있거든 결판을 내보자! 뭐, 거기까지 올 수 있다면……의 이야기지만.]
일단 말을 끊은 플레인. 완전히 도발하는 말을 남기고 자리를 떴다.
플레인에게는 PVP의 승리에 가치 따윈 없고, 그저 선전하러 온 것인 모양이었다.
떠나갈 때 관객석에 있는 나를 보고 흉악한 웃음을 보낸 것은 기분 탓이라고 생각하고 싶다.

5장 결승과 하늘의 눈

중간 휴식을 거쳐서 치러진 PVP 결승전. 갑작스러운 플레인의 난입, 에어리어 점거 선언. 그리고 모든 플레이어를 향한 도발을 남기고 떠나갔다.

플레인 본인에게는 PVP의 승리에 아무런 가치도 없고, 점거한 에어리어를 미끼로 플레이어를 모으는 게 목적이겠지. 여태까지 만난 PK들의 가치관을 보아 그렇게 판단했다. 하지만 [포슈 하운드]와 [옥염대]의 PK는 분위기라고 할까, 그 공기가 다르기 때문에 [옥염대] 혹은 플레인 단독의 선언이었다는 생각도 들었다.

"저기, 그쪽 과자도 먹어보고 싶은데 줄래?"

"그럼 그거랑 교환해서……."

"으음. 역시 대박을 노릴까? 아니면 안전패에 각각 1만 G를 거는 걸로 할까?"

"최대 7천 배의 배율이라는 게 뭐야?"

결승전 개시를 기다리는 동안, 다들 멋대로 떠들었다. 노점에서 군것질을 하고, 과자나 음식, 주스를 교환하거나 배틀로열 예선에는 너무 많아서 불가능했지만, 결승 진출자의 로또가 [생산 길드] 공인으로 이루어졌다.

지금 현재도 거대 스크린에는 누구에게 얼마가 걸렸는지, 배율 등이 결승 진출자의 이름과 함께 표시되었다.

타쿠, 세이 누나, 루카토, 토우토비, 미카즈치. 아는 사람 중에는 이 다섯 명이 남았고, 전위인 타쿠, 루카토, 미카즈치가 우승 후보로 꼽혔다. 후위나 유격인 세이 누나와 토우토비는 방어력 부족이나 공격력 부족 때문에 우승 후보에서 제외되었다.

"윤 씨도 에밀리 씨도, 어두운 얼굴 하지 마!"

"그래요. 저희랑 같이 예상해봐요."

이미 라이나와 알은 이 공간에 완전히 물들어서 나와 에밀리를 도박판으로 데려갔다.

우리, 현실 도피하고 있었는데…….

"어쩔 수 없네. 하지만 나는 도박을 할 생각이 별로 없어."

"나도 흥미 없는데……."

"그럼! 그럼 예상만! 예상은?!"

두 사람이 들이댄 것은 로또의 메뉴 화면이었다.

로또에 돈을 거는 방식은 여러 가지라서, 1위를 예상하는 스탠더드한 방식부터, 선택한 플레이어가 3위까지 들어가느냐, 5위까지 들어가느냐를 보는 식으로 느슨하게 설정된 것까지 있었다.

과거 평판이나 뜬소문으로도 판돈이 좌우되지만, 안정성을 추구하여 배율이 낮은 플레이어를 택하는 사람, 가까운 사람이나 지인에게 투자나 축의금, 응원이라는 의미로 소액을 거는 식도 있었다.

그 외에도 전액 걸거나 복수의 플레이어에게 걸어서 리스크 분산 등등. 나는…….

"세이 누나한테 좀 걸어볼래. 그리고 대박을 노려서 전원 패배."

"가족에게 거는 건가. 뭐, 타당한 방법 아닐까? 하지만 대박으로 전원 패배라니, 그건 장난으로 준비된 최대 배율 7천 배잖아."

뭐, 가족에게 축의금을 거는 거지만, 대박으로 꼽히는 전원 패배가 꼭 불가능한 것도 아니라고 보았다. 마법사는 전체적으로 적지만, 마법사가 광역섬멸 마법을 사용했을 경우 크로스 카운터나 마법에 휘말리는 식으로 전멸도 있을 수 있겠지.

"어라라, 소꿉친구인 타쿠에게는 축의금 안 걸어?"

"윽, 미니츠. 그리고 히노, 코하쿠. 하아, 어쩔 수 없지. 그럼 루카토랑 토우토비, 미카즈치, 타쿠에게도 조금씩."

"우후후, 솔직하지 않네. 윤 씨는."

"그렇게 전원에게 걸어서 타쿠 씨를 응원하는 걸 속이려는 거구나. 하지만 내 눈은 못 속여."

"아니. 그 눈, 옹이구멍이야."

코하쿠와 히노의 말에 한소리하며 노려보았다.

시선을 견디다 못해 메마른 웃음을 짓는 세 사람에게서 스윽 시선을 거두고 한숨을 내뱉었다.

[자, 결승전 사회는 클로드에게서 바통을 넘겨받아, 저, 마기가 보내드립니다!]

PVP 결승전 준비가 끝났는지, 마기 씨가 스테이지 위에서서 회장에 사람들이 모이는 가운데 결승전 룰을 거듭 설명하였다.

[예선에서는 사람이 많았기 때문에 회복 아이템 사용금지 룰이 있었지만, 이제부터는 회복 아이템의 일부가 해제됩니다! 그렇다고 해서 안심할 순 없죠! 플레이어가 회복 아이템을 쓴다는 것을 아는 이상, 그걸 저지하는 건 당연! 회복할 수 있는 회복 아이템은 종류를 불문하고 10개. MP 포션은 별개! 회복량이 높은 포션을 택할지, 구강 섭취이기 때문에 방해받기 힘든 환약을 이용할 것인지는 개인의 자유!]

마기 씨는 간단한 설명을 마치고 카운트다운에 들어갔다.

[카운트다운, 3, 2, 1,——배틀 스타트!]

손을 들어올리는 동시에 결승까지 살아남은 플레이어들이 일제히 뛰어나왔다.

결승에 남은 플레이어 서른 명은 서로 무기를 들고 싸움을 시작했다.

세이 누나는 화염 계통 마법사와 마법 싸움을 시작했고, 그 주위에 마법의 여파를 만들어서 사람들이 접근하기 어려운 상황을 만들었다.

타쿠와 토우토비는 두 사람의 대결로 들어갔다. 회장을 뛰어다니면서 속도와 공격회수로 밀어붙이려는 토우토비에게 계속 수비를 하면서 카운터를 날리는 타쿠.

고속 전투의 토우토비와 비교해도 속도가 뒤지는 타쿠는 기교와 전투 센스로 그걸 막아내며 끈질기게 살아남았다.

자신의 급소만을 지키고 자잘한 대미지를 쌓는 타쿠와 낮은 방어력을 회피로 커버하는 토우토비의 대결에 뮤우네 파티가 양쪽 모두를 응원하였다.

두 사람의 전투는 데드히트를 벌였다.

토우토비는 닌자처럼 벽을 타고 달려서 타쿠를 시야에 넣으며 이동하였다. 치고 나오지 않는 토우토비에 대해 타쿠가 오른손에 든 장검으로 날카로운 찌르기를 날리면, 몸을 비틀어 그걸 피하고 타쿠의 품에 파고들어 반격의 기회를 잡으려는 토우토비.

"멀었어!"

타쿠는 치고 드는 토우토비의 일격을 왼손의 장검으로 막아내어 힘으로 되밀었다.

오른손의 장검이 공격, 왼손의 장검이 방어, 그렇게 역할을 분담하고 토우토비의 단검과의 리치 차이를 이용하여 반격을 막았다.

때때로 두 사람의 전투에 끼어들려는 플레이어는 곧 그 고도의 공방에 따라갈 수 없어졌다. 그들도 상위 플레이어지만, 두 사람은 그보다 수준이 높았다.

"……그럼 속도를 더 올려보죠. ──[어택], [스피드]."

"그럼 이쪽도 빌려 온 힘이라도 써서 이길까. ──[어택],

[스피드]."

토우토비와 타쿠가 뭔가를 움켜쥐고 사용했다. 사용 직후에 입자로 변한 아이템은 내 기억에 있었다.

"두 사람 다 인챈트 스톤을 쓰나."

"윤의 지인 중에도 쓰는 사람은 있구나."

[아트리엘]에서 파는 인챈트 스킬을 담은 돌――인챈트 스톤. 인챈트 상태의 두 사람은 더욱 힘과 속도를 끌어올렸다.

교착 상태였던 싸움에 스테이터스의 미세한 차이로 변화가 생기기 시작했다.

"하아아압"

"야아아압!"

기합 소리와 함께 두 사람은 달렸다.

한곳에 머물지 않고 속도를 중시하는 토우토비를 붙잡는 건 어렵다. 타쿠는 힘을 더욱 늘려서 일격으로 분쇄할 생각이었다.

타쿠도 방어를 계속하지만, 타쿠의 몸에 칼날이 스치는 일이 많아지고 대미지가 쌓여갔다.

타쿠와 토우토비는 어지러울 정도의 공방을 주고받으며 전투를 계속하였다. 어느 지점에서 두 사람은 칼을 맞대고 힘싸움에 들어가서 움직임이 멎었다.

"토비! 그 장소는!"

뮤우의 목소리가 닿기 전에 타쿠와 토우토비가 있던 장소에 불꽃과 얼음이 부딪치며 두 사람을 끌어들였다.

“끄, 끄아아아아!”

“꺄아아악!”

상급 공격 마법의 여파가 타쿠와 토우토비만이 아니라 다른 플레이어 몇 명을 끌어들이는 결과가 되었다.

“어느 틈에 마법사들이 싸우는 곳에 들어가버렸네. 아쉬워.”

타쿠와 토우토비의 동시 패배의 원인은 마법사들의 공격범위에 들어갈 정도로 열중했던 거겠지. 두 사람의 싸움에 아쉬움을 느끼면서도 세이 누나와 화염 마법사의 싸움으로 눈을 돌렸다.

“오늘이야말로! 최강의 마법사의 자리를 걸고 승부야!”

“나는 최강의 자리 같은 거에 별로 흥미 없는데.”

난처한 표정을 하는 세이 누나는 지팡이를 들고 물구슬과 얼음창을 여러 개 만들어서 대기시켰다.

상대는 손에 커다란 책을 들고 마찬가지로 마법을 발동시켰다.

서로의 주위에서 사람들이 대피하는 걸 신호로 격렬한 화염과 얼음의 탄막이 펼쳐졌다.

공중에서 상쇄되는 서로의 마법의 여파가 회장에 휘몰아쳤다. 눈속임을 위한 방어 마법과 방해, 페인트, 양쪽 모두 발동할 장소와 타이밍을 숙지하고 MP가 허용하는 한에서 고도의 마법전을 벌였다.

하지만 세이 누나 쪽이 점점 유리해졌다.

MP 보유량의 차이와 대기시킨 마법의 개수, 인챈트 등의 외부 요인에 의한 마법 위력, 상급 마법의 발동수 등의 차이.

그것 하나하나는 자그만 차이지만, 쌓이면서 무시할 수 없는 크기로 변했다.

그리고 두 사람의 마법 승부에 마침내 끝이 찾아왔다. 세이 누나의 마법이 하나 들어가고 다른 마법이 연이어 꽂혀서 광범위하게 연쇄 대미지가 들어갔다.

원래 방어가 약한 마법사에게는 오버인 화력. 상위 마법사간의 마법전투의 대가는 컸다.

MP의 고갈과 마법 스킬 발동까지의 대기시간. 상위 마법사의 화력을 본 주위 플레이어들은 아이템을 이용한 회복을 막기 위해 움직였다. 단숨에 고전할 수밖에 없게 된 세이 누나.

"……지금 돌아왔습니다."

"어서 와, 토비! 아쉬웠어! 하지만 그렇게 소리칠 정도로 열중했구나!"

즐겁게 맞아주는 뮤우와 반대로 자기가 소리치며 타쿠와 싸운 것을 떠올리며 부끄러운 듯이 고개 숙이는 토우토비.

모두가 격려의 말과 함께 맞아주었지만, 함께 졌을 터인 타쿠의 모습이 보이지 않았다.

"타쿠는?"

"……같이 오지 않았습니다. 하지만 동시에 당했습니다."

순간 분한 표정을 보이던 토우토비는 일단 말을 끊었다가 다시 이었다.

"……결정타가 없이, 그 장소로 유도하듯이 움직여서, 더블 KO를 노렸습니다. 마지막에 타쿠 씨는 내 속도에 대응했는데……."

그렇게 중얼거린 토우토비는 눈을 치떴다. 분명히 동시에 쓰러졌던 타쿠가 거대 스크린에 나오고 있었다.

스크린에서는 타쿠와 루카토의 대화가 들렸다.

"토비와 같이 마법 폭심지에 있었잖습니까?"

"그래, 있었어. 하지만 오늘을 위해 자잘한 회복 아이템을 준비해서 전투를 계속했지."

"하아, 비겁하군요. 윤 씨를 아군으로 삼아서 [소생약]을 준비했습니까?"

루카토와 타쿠가 서로에게 무기를 드는 가운데 새어 나온 목소리에 회장이 술렁거렸다.

그리고 왜인지는 관객석에 앉은 우리의 모습이 떠올랐다. 어――어어?!

[자, 잠깐! 왜 스크린에 비추는데! 나는 관계없잖아!]

[여기서 소생약의 새로운 제작자로 오프닝을 장식한 윤 군이 등장!]

이중으로 울리는 내 목소리에 마기 씨가 말을 보탰다.

주목받기 싫어서 고개를 숙였지만, 스크린에 비친 뮤우와 미니츠 일행이 손을 흔들며 어필하였다.

"그만 좀 해줘."

잠시 뒤에 그것도 끝나고, 다시금 타쿠와 루카토의 장면으로 전환되었다.

딱히 대화할 것도 없어진 두 사람은 순식간에 거리를 좁혔다.

타쿠와 루카토의 대결은 계속 격렬해졌다. 하지만 토우토비의 속도에 익숙해진 타쿠는 루카토의 공격을 쉽게 받아넘기며 대미지를 주었다.

두 자루의 장검을 가진 타쿠와 바스타드 소드를 휘두르는 루카토. 지금으로선 루카토가 우세로 보이지만, 공격 임팩트의 타이밍이 어긋나서 별로 차이가 없었다. 스피드는 타쿠가 우세, 서로 아츠를 날리지 않기 때문에 기량의 차이가 그대로 보이는 가운데 뮤우는 빙그레 웃으면서 뭔가를 기다렸다.

"뮤우?"

"괜찮아. 루카는 강하니까."

그 직후에 승부에 나선 타쿠가 빠른 일격을 날렸다. 교차시켜서 휘두른 장검의 연격을 루카토가 아슬아슬하게 피하고, 마찬가지로 빠른 일격을 타쿠에게 날렸다.

"좋아! 루카의 카운터가 들어――?!"

뮤우와 마찬가지로 나도 카운터가 들어갔다고 생각했는데, 타쿠는 그보다 위를 달렸다.

검을 손에 놓고 공중에서 그 자루를 역수로 붙잡았다. 곡예 같은 재주와 역수로 든 장검으로 루카토의 공격을 흘리고, 그대로 어깨부터 부딪치듯이 역수로 든 장검으로 찔렀다.

그 일격이 루카토의 패배를 결정지었고, 남은 싸움은 MP 고갈과 대기시간이 위험한 상태를 견디며 반격한 세이 누나와 여력을 남긴 미카즈치와의 [팔백만] 길드 멤버간의 대결이었다.

세이 누나는 얼마 남지 않은 MP 전체를 방출할 기세로 물과 얼음 탄막을 만들어서, 달려드는 미카즈치에게 날렸다.

"세이! 꽤나 힘든 모양이군! ――〈기도곤〉!"

반대로 미카즈치는 아츠를 발동시켜서 대비하며 필요 최소한의 마법을 쳐냈다.

하지만 아츠로 튕겨난 마법을 제어하여 두 사람의 싸움이 끝날 때까지 휴식하는 타쿠 쪽으로 유도하였다.

"우왓, 위험?!"

"좋아! 세이 누나! 타쿠 따윈 해치워버려!"

"저기, 세이. 저 아가씨는 너를 응원하는 거야? 타쿠 소년에게 원한이라도 있는 거야?"

"저건 부끄러워서 저러는 거야."

두 사람이 짧은 대화를 나누고 다시금 전투에 집중했다.

세이 누나는 마법의 탄막으로 미카즈치의 접근을 허락하지 않으면 승리. 반대로 미카즈치는 세이 누나의 품에 파고들면 승리. 그런 상황이다.

마법 탄막을 날리는 세이 누나와 아츠로 그걸 쳐내는 미카즈치.

미카즈치에게는 대항수단인 아츠의 발동 직후의 빈틈이나 쳐내기로 경감할 수 없는 소소한 대미지가 쌓이는 게 보이지만, 세이 누나는 MP 소비가 격심하다.

두 사람의 싸움의 결판은 아츠 발동 후의 경직 시간이라고 생각되지 않는, 한 호흡의 절반 정도의 정지. 세이 누나는 그 틈을 놓치지 않고 미리 발동시킨, 튕겨낼 수 없는 상급 마법을 사용했다.

남은 것은 세이 누나와 타쿠.

다른 참가 플레이어는 전원 탈락하였다.

●

"타쿠 군. 나한테 승리를 양보해도 좋지 않아?"

"무슨 말인가요, 모처럼 여기까지 이것저것 온존해왔거든요?"

여전히 도망 다닐 것처럼 보이는 타쿠의 말에 여태까지의 회피행동 전부가 승리를 위한 흔들림 없는 작전이었다고 이해했다.

그리고 PVP로서의 전투를 보고 싶은 관객으로서는 야유를 날리기에 충분한 이유였다.

회장 곳곳에서 '더럽다! 정정당당하게 싸워!'라고 웃음을 죽인 목소리로 야유가 날아드는 가운데, 타쿠는 거기에 대해——.

"이기면 되는 거야, 이기면."

관객과 마찬가지로 웃음을 죽이면서 대답했다. 아니, 웃음이 나오거든 말 안 해도 되는데. 이 자리의 분위기가 여러모로 망가졌다.

그 외에도 '리얼충 폭발해라!', '미인 세 자매가 소꿉친구라니 진짜로 져버려!' 같은 질투를 담은 야유도 날아들었다. 잠깐 기다려, 난 남자야.

질투와 웃음을 담은 야유를 웃음으로 받아내는 타쿠. 그와 달리 세이 누나를 향한 성원은 주로 호의적인 것이 많았다.

"힘내!", "불리한 마법사니까, 아예 우승을 노려!", "우리의 희망이 되어줘!"

그런 훈훈한 성원이 퍼지는 가운데——.

"결혼해줘!", "꼭 내 아내로!", "사랑합니다!"

"어어, 그만해주세요!"

"""""——그 말씀, 감사합니다!"""""

그런 발언을 한 놈들은 바로 주위의 플레이어들에게 두들겨 맞았다. 내친 김에 뮤우도 어깨를 돌리며 워밍업.

"잠깐 다녀올게."

아니, 어딜 가려고?! 내가 손을 붙잡고, 히노와 코하쿠 들도 뮤우를 눌러서 앉혔다.

결국 그런 성원이 사라질 때까지 다소 시간이 필요했다.

그 사이에 세이 누나는 회복 아이템으로 HP와 MP를 완전히 회복하였고, 타쿠도 장비를 교체하고 상대하였다.

"타쿠 군, 내가 회복할 순간을 노려서 공격할 수도 있었잖아?"

"그랬다간 관객이 만족 안 하겠죠? 여태까지 나는 도망만 다녔으니까 이쯤에서 멋진 모습을 보여줘야죠. 그러는 세이 누나도 2초면 하급 마법의 탄막을 만들 수 있잖아요."

그렇게 말하며 자신만만하게 웃는 타쿠.

"역시 승부는 정정당당하게 싸워 이기는 편이 좋거든."

미소 짓는 세이 누나.

타쿠는 평소에 쓰는 장검이 아니라 은색의 롱소드 두 자루였다.

먼저 움직인 것은 타쿠 쪽이었다. 크게 한 발을 내딛고 거리를 좁히기 위한 행동. 하지만 거기에 즉각 반응하여 마법을 날리는 세이 누나.

세이 누나는 마법직이기 때문에 미카즈치와 마찬가지로 근접전으로 싸울 생각이 없다.

타쿠도 미카즈치와 마찬가지로 스킬을 이용하여 반격하든가 튕겨낼 생각이다. 방금 전 장면의 재탕인가 싶었는데――.

"……마법을 베었어?"

날아간 얼음창을 오른손의 검으로 베어나고, 이어지는 물구슬을 왼손의 검으로 흩어내는 타쿠.

나로서는 무슨 일이 일어난 건지 알 수 없지만, 뮤우와 기타 마법직 지인들은 괴로운 표정으로 바라보았다.

세이님 ♥ LOVE

"타쿠 오빠, 보통이 아냐. [소생약]만이 아니라, 저런 메타 장비로 오다니."

"메, 메타? 그게 뭐야?"

내 의문에 뮤우는 타쿠에게서 눈을 떼지 않고 설명해주었다.

그걸 진지하게 듣는 나와 라이나와 알.

메타(meta)——특정 타입이나 구성의 상대를 가상 적으로 삼고 유리하게 싸울 수 있도록 선택하는 것. 간단하게 말하자면, 화 속성이 약점인 적에게는 화 속성 무기. 풍 속성 공격을 쓰는 적에게는 풍 속성에 내성이 있는 방어구.

또 몹의 경우에는 정해진 루틴 워크가 존재하고, 거기에 따른 행동이나 사고, 전략적인 대책 등을 총칭하여 메타 대책 등이라고 부른다.

최근에는 PK 길드 [옥염대]의 길드마스터 플레인의 〈살인〉 스킬은 대인 메타라고 할 수 있겠지.

즉 현재 타쿠는 마법사, 특히나 물 속성 마법사에 대한 메타 장비를 준비해 온 것이다.

"타쿠 오빠가 쓰는 건 아마도 [봉마(수)]와 그 상위인 [봉마(빙)]의 추가효과인 무기야. 그걸로 베면, 대응하는 마법의 효과가 무효화되는 건데……."

"그런데?"

"입수하기 엄청 어려워. 게다가 부여한 장비의 내구도가 대폭 깎이고 한 속성밖에 대응하지 않으니까 오래 못 써. 말

그대로 메타 장비. 그걸 두 자루나 준비한 걸 보면 또 뭔가 준비했겠네."

기막힌 듯이 중얼거리는 뮤우.

어쩌면 내게 받아간 [소생약] 외에도 이번에 쓰지 않은 메타 장비나 아이템을 준비했을지도 모른다.

그런 상대에 대한 대책을 짜야만 하는 세이 누나는 순간 놀랐지만 곧 하급 마법으로 견제하는 건 헛수고라고 깨닫고 그만두었다.

"놀랐어. 핀포인트로 그런 대책을 짜 오다니."

"그만큼 세이 누나를 평가한다는 소리죠. 나도 참가자 전원에 대한 대책은 불가능하니까요."

"뭐, 그런 걸로 해둘게. ──〈아쿠아 월〉!"

타쿠의 주위를 삼각형으로 에워싸는 세 개의 물의 벽. 그것은 방어 마법이지만, 적의 시야를 가리기 위해 사용되었고, 그 틈에 상급 마법을 준비하는 등의 사용법을 보였다.

"그건 헛수고! 하지만 그렇게 나오나!"

왼손의 롱소드로 물의 벽을 베어내자, 그 뒤에 대기하는 얼음의 벽에 부딪혀서 튕겨났다.

물벽을 미끼로 삼고 뒤에 숨겨진 얼음벽에 부딪힌 무기가 튕겨난다. 타쿠가 다급히 왼손의 롱소드를 물리고 오른손의 롱소드로 정면의 얼음벽을 꿰뚫자 작은 파편이 되어 흩어졌다.

"……아니야. 그것도 페이크야."

관객석에서 내려다보는 우리에게는 다 보였다.

세이 누나는 물벽의 포위를 만들고, 그 바깥에 얼음벽, 또 그 바깥에 다섯 개의 얼음기둥을 만들어내었다.

그 외에 크고 작은 여러 얼음창이 공중을 선회하며 타쿠를 노렸다.

세이 누나는 물과 얼음의 두 속성을 다룬다. 기본적으로 물과 얼음은 같은 계통이지만, 메타 무기의 추가효과 [봉마]는 파생을 포함한 한 가지.

그렇기 때문에 세이 누나는 얼음 하나로 좁혀서 타쿠의 왼손의 롱소드를 무의미하게 만들었다. 또 물보다도 질량이 있는 얼음을 베면 안 그래도 내구도가 낮은 무기를 파괴할 가능성도 있다. 그런 타산도 있었겠지.

"그러면 갈게!"

"?! ——〈쇼크 임팩트〉!"

미카즈치와 마찬가지로 마법에 대한 스킬을 무기에 걸어서, 날아오는 여러 마법을 배어내는 타쿠.

회피가 어려운 얼음기둥은 오른손의 롱소드로 확실하게 파괴하고, 왼손의 롱소드로 최소한의 마법을 세이 누나에게로 다시 튕겼다.

세이 누나는 튕겨져 날아오는 얼음덩이의 궤도를 마법으로 피했지만, 피하느라 집중력이 떨어져서 타쿠를 노리는 마법의 컨트롤이 약해졌다.

타쿠는 공세가 느슨해진 얼음 탄막을 쳐내어 최소한의 대미지에 머물렀지만, 세이 누나의 공격은 끝나지 않았다.

"미안해. 아무리 타쿠 군이라고 해도 봐줄 수 없고, 대책은 상정해놨어."

그렇게 말하며 이번에는 지팡이를 옆으로 휘둘렀다. 그 동작에 맞춰서 대기시켰던 얼음기둥 하나가 깨지고 주먹 크기의 얼음 여러 개가 타쿠를 덮쳤다.

단번에 수십 개로 깨져서 날아오는 얼음 산탄이 타쿠에게 쇄도하고, 몸 곳곳에 부딪쳐서 움직임을 멈췄다. 그 틈을 노려서 나머지 얼음이 일제히 모였다.

"이런――[마인드]!"

회피와 요격을 포기하고 인벤토리에서 꺼낸 마법방어 인챈트 스톤을 쓰고 무기를 교차시켜서 방어하는 타쿠.

"거짓말?! 이걸 버티게?!"

"으아아아아!"

마법 방어력을 높인 타쿠는 오른손의 롱소드로 날아오는 얼음을 쳐내고 소리치며 세이 누나에게 돌격했다.

조금만 더 있으면 세이 누나에게 도달할 찰나에.

"하지만 한발 늦었어. ――〈메일스트롬〉!"

타쿠는 발밑에서 발생한 소용돌이에 빨려들었다. 대형 세탁기보다 더한 회전에 타쿠는 완전히 휩쓸렸다.

저거 멀미 나겠군. 그런 말보다도 저만큼 회전하면 타쿠의 더러움이 말끔히 씻겨나가겠다는 엉뚱한 생각이 내 머리를 스쳤다.

이걸로 승부가 났다. 그렇게 생각했다.

소용돌이 안에서 힘없이 도는 타쿠는 한순간 힘을 되찾고 물속에서 검을 들었다.

회전 속에서 자세를 갖춘 타쿠가 왼손의 롱소드를 휘둘러서 소용돌이를 가르고 뛰어나왔다.

"하아아아압! ――〈파워 버스터〉!"

세이 누나는 순간 물러나서 마법으로 요격하려고 했지만, 그 전에 타쿠는 두 개의 롱소드를 내리쳤다. 타쿠는 공중에서 떨어지는 기세와 허리 회전으로 몸을 왼쪽으로 돌리고 오른손으로 롱소드를 내리쳐서 세이 누나를 비스듬하게 베었다.

"세이 누나의 패배?"

하지만 양자 모두 움직이지 않았다. 그리고――.

[드로우! 드로우! 플레이어 전멸로 승자 없는 무승부입니다!]

마기 씨의 중계가 회장에 울리고, 타쿠와 세이 누나가 동시에 필드 밖으로 배출되었다.

실황 해설의 역할도 잊고 지켜보던 마기 씨의 목소리가 신호가 되어서 회장이 들끓었다. 설마 했던 전멸. 무슨 일이 일어났는지 모르는 관객을 향해 바로 편집된 동영상으로 해설하였다.

[아무래도 타쿠 선수는 그 소용돌이 안을 버티면서 마지막에 혼신의 일격인 아츠 〈파워 버스터〉를 쓴 모양입니다. 한편, 세이 선수는 여태까지 공중에 띄워놨던 얼음덩어리로 타쿠 선수를 뒤에서 공격하는 협격에 나섰군요. 그렇게 해서 동시 녹다운. 실로 훌륭한 싸움이었습니다.]

이걸로 이벤트 계획 중 어지간한 것은 다 소화되었고, 회장은 여운으로 가득했다.

방금 전의 싸움. 여러 감상이 자리를 채우고 많은 감동을 주었다.

특정 방어에 특화하여 자기 몸을 아끼지 않은 타쿠의 대응책. 그리고 다채로운 마법을 사용하여 상대를 몰아붙인 세이 누나. 두 사람이 얼마나 대단한지 절절히 다가왔다.

PVP가 끝나고 선수들이 제각각의 장소로 이동하였다. 방금 전에 격렬한 결승전을 벌인 두 사람이 오는 장소에는 자연스럽게 시선이 모여들었다.

"설마 거기서 소용돌이 안을 빠져나올 줄은 몰랐어. 타쿠 군 때문에 놀랐네. 소용돌이로 붙잡아놨을 때 얼음으로 짓눌러버릴 걸 그랬어."

"저로서는 빠져나온 뒤에 직접공격이 아니라 무기 투척으로 할 걸 그랬다고 후회하고 있어요. 음, 반성."

온화한 분위기인 세이 누나와 소꿉친구인 타쿠의 대화 내용이 모두 상대를 어떻게 없앨 것인가 하는 점에 전율하면서도 나는 두 사람을 맞아주었다.

"세이 언니, 타쿠 오빠, 수고! 이쪽에 과자 준비했어!"

뮤우가 손짓하는 관객석에 그대로 세이 누나와 타쿠를 더하여, 참가자 일동의 반성회가 시작되었다.

라이트유저인 나와 라이나와 알은 이야기를 따라갈 수 없어서 일찌감치 의식을 과자 쪽으로 돌렸다. 타쿠랑 가까이 있고 싶지 않은 에밀리나 무관심한 레티아도 과자 쪽으로 모였다.

"아아, 뭔가 알 수 없는 말이 나오고 있어."

"뭐, 우리는 우리대로 다른 이야기 하자. 그러고 보니, 윤은 잊어버린 거 아냐?"

"잊다니, 뭘?"

"윤 씨, 로또에서 [전멸]에 걸었지 않습니까?"

라이나가 잊어버렸다는 듯이 새된 눈으로 차가운 시선을 보냈기에 한심하게 앗 소리를 내면서 떠올렸다.

"배팅 최소금이 100G에, 배당금은 분명히 7천 배였으니까…… 70만 G."

멍하니 중얼거린 금액에 라이나와 알은 눈을 빛냈지만, 나로서는 '아, 임시수입 러키~' 정도였다. 딱히 감개 깊은 것이 있는 것도 아니고. 구태여 말하자면――.

"역시나 저금이지."

내가 흘린 한마디에 꿈도 없다는 듯이 차가운 눈을 하는 라이나와 알. 나는 당황할 수밖에 없었다.

"뭐, 뭐야, 그 눈은――."

"아니, 윤답다고 하자면 그렇지만."

그렇게 말을 흐리는 에밀리. 똑바로 좀 말해줘! 그런 항의의 말이 나올 뻔했지만, 관객석으로 다가온 한 플레이어에게 눈이 갔다.

"아…… 미카즈치다."

"PVP 수고했어. 일단 이벤트의 핵심기획은 끝났군."

다가와서 가볍게 인사하는 미카즈치를 다른 이들이 맞아주었다.

"미카즈치. 여태까지 어디 갔었어?"

"아니, 다른 사람들에게 말을 걸고 다녔어. 역시 플레인의 도발을 정면에서 받아들인 녀석들이 많아서 시간 조절에 애먹었지."

모두에게 전했는지 의미심장한 미소를 띠는 미카즈치.

"좋아! 이벤트 후야제! PK 사냥과 레이드 퀘스트 공략하러 갈 테니까 준비해!"

"잠깐, 잠깐!"

"참고로 아가씨는 강제 참가다!"

"이미 내 의사는 무시하고 계획된 거야?!"

그렇게 서두를 일인가 싶었지만, 미카즈치는 나를 위해 설명해주었다.

"지금은 [포슈 하운드]와 [옥염대]가 에어리어를 점령한 상태야. 쉽사리 갈 수 없어. 그리고 거기에 대항할 수 있는 사람을 모아야만 하지. 플레인의 그 선언 직후가 제일 사람이 모일 때야.”

여기까지가 전제조건이라고 일단 말을 끊었다.

“그 다음으로는 에어리어를 너무 오래 점거당하는 디메리트는 클로 녀석한테 들었겠지만.”

“아, 분명히 [소생약]의 소재 독점 가능성이나 레이드 퀘스트의 독점……. 장기적으로는 디메리트가 된다고.”

“그러니까 사람이 모여서 단기간에 승부를 낼 수 있는 오늘밤이 최고의 타이밍이야.”

“이유는 알았어. 하지만 내가 참가할 이유는 안 되잖아.”

퉁명스럽게 입을 삐죽거리자, 미카즈치는 한숨을 쉬었다.

“잊었어? 아가씨는 레이드 퀘스트 발동의 열쇠가 되는 [언어학] 센스를 가지고 있잖아? 퀘스트 조건을 만족시키는 플레이어가 없으면 계획 자체를 시작도 못 해. 같은 센스 습득자인 클로 녀석은 이벤트의 사후처리로 바빠. 무엇보다도 퀘스트 발견자 중 한 명이 없으면 안 되겠지.”

그렇게 말하며 내 참가 결정을 말하는 미카즈치. 일단 언젠가는 도전할 생각이었기 때문에 준비는 하였지만, 갑작스러운 일이라 다소 당혹스러웠다.

내가 도움을 청하듯이 에밀리에게 시선을 보내자, 다소 고민하는 시늉을 하며 끄덕여주었다.

시간도 얼마 남지 않았으니 얼른 준비를 시작해야지.

●

"에밀리, 퀘스트 좀 도와줘. 타쿠랑 같이 있는 게 싫겠지만 부탁할게."

"정말 나로 괜찮아?"

가면 밑의 표정은 모르겠지만, 분명 눈썹을 늘어뜨리고 있겠지.

그리고 '왜 여자보다 약한 느낌으로 부탁하는 거야. 이래선 거절할 수 없잖아'라는 작은 불평은 부탁하는 내 귀에는 닿지 않았다.

"전력면으로 보면 레티아도 데려갈 수 있잖아?"

"아니, 본인이 흥미 없는 눈치니까. 그렇다고 쌍둥이를……."

레이드 퀘스트에 라이나와 알을 데려갈 수 없는 것은 본인들이 잘 알고 있고, 참가하고 싶다는 말도 하지 않았다. 레티아가 그런 그들을 데리고 나머지 이벤트를 즐기겠다며 표정 변화도 별로 없이 주먹을 쳐들며 걸어갔다.

저건 레티아 나름대로 배려하는 거라고 생각하니, 미안하게 느껴졌다.

"타쿠랑 같이 있는 게 싫을지도 모르지만, 부탁해도 될까?"

"일단 흥미는 있으니까 받아들일게. 지인이 있으면 나도 마음이 편해지니까. 다만 전력으로는 별로 기대하지 마."

"괜찮아. 나도 전력으로는 들어가지 않으니까."

"그런 생각은 어디서 나오는 걸까."

내 자기평가에 에밀리는 날카로운 시선을 던졌지만, 곧 시선을 돌리고 같이 힘내보자고 말해주었다.

에밀리가 받아들여주었기에 가슴을 쓸어내렸다.

"그래서 시간이 없잖아? 준비는 어떻게 할래?"

"장비는 클로드와 리리가 그때까지 맞춰줄 거야. 소모품도 [아트리엘]에서 가져오면 되겠지만——."

나는 내 센스를 확인하고 전투용으로 재정비했다.

소지 SP 25

[활 Lv38] [장궁 Lv11] [매의 눈 Lv50] [속도상승 Lv28]

[간파 Lv13] [마법재능 Lv44] [마력 Lv48] [부가술 Lv22]

[조약 Lv28] [언어학 Lv18]

대기

[연금 Lv32] [합성 Lv33] [조금 Lv2] [수영 Lv13]

[생산의 소양 Lv34] [조교 Lv8] [지 속성 재능 Lv19] [요리 Lv26]

아무래도 어제 야간강행과 PK와의 전투로 레벨이 올랐는지, [매의 눈]이 성장에 필요한 레벨에 도달하여 새로운 센스가 생겨났다.

타깃 능력과 암시 능력에 특화된 [매의 눈] 센스. 거기서 [하늘의 눈]으로 성장시킬 수 있게 되었다.

내가 가진 센스 중에서 가장 레벨이 높고 레벨에 따른 스테이터스 상승이 있지만, 여기서 성장시키면 [하늘의 눈] 레벨이 1이 되어서 레벨에 따른 스테이터스 상승이 없어진다.

스테이터스를 중시한다면 그대로 도전하는 편이 좋겠지.

센스 스킬이나 자동능력을 기대한다면 성장시키면 된다.

"으음."

"왜 그래? 갑자기 끙끙대고."

"아니, 저기……. 성장시킬 수 있는 센스가 있어서 어쩔까 하고."

에밀리에게 의논했지만, 아무래도 어려운 질문이었는지 입을 다물었다.

이게 파생 센스라면 망설임 없이 습득해서 [활]과 [장궁]처럼 이중으로 장비한다는 식의 방법도 있겠지만.

"그래서 윤, 그 센스에는 어떤 설명이 있어? 보통 성장 센스는 성장 전 센스의 상위 호환이니까 새로운 능력이나 스킬과 관계있어."

"어어, [매의 눈]이 성장해서 [하늘의 눈]이 되는 건데."

소비 SP 3으로 습득할 수 있는 [하늘의 눈]은 시야 범위의 확대와 타깃 능력을 그대로 가졌다.

다만 한 가지, 새롭게 〈존〉이라는 특수 스킬이 추가되었다.

단독으로는 발동하지 않고, 다른 스킬과 조합하여서 효과를 발휘하는 스킬.

설명문에는 발동하는 단일효과 스킬, 마법의 대상 확대 스킬이라고 하였다.

"하지만 써먹기 편할지는 실제로 써보지 않으면 몰라."

설명문에는 괜찮을 것처럼 나와도, 실제로는 아닌 경우가 많이 있다.

"에잇! 이렇게 되었으니, 남자는 배짱!"

나는 SP를 소비해서 [매의 눈]을 [하늘의 눈]으로 성장시켰다.

"[하늘의 눈] 센스는 처음 듣는 정보야. 여태까지 미도달 센스 혹은 센스 정보를 공개하지 않았을지도 모르니까 누구한테 물어볼 수도 없어. 어떻게 할래?"

"에밀리, 시간 될 때까지 센스 검증 좀 도와줘……."

남자는 배짱이라고 말했던 건 어디로 갔을까. 힘없이 도움을 청하는 내게 기막히다는 듯이 한숨을 내쉬는 에밀리.

"일단은 기본적인 사용법이나 떠오르는 대로 써봐."

"아, 알았어. 〈존 인챈트〉――어택!"

나는 에밀리를 시야에 넣은 상태로 공격력 상승의 존 인챈트를 사용했다.

동시에 걸린 인챈트는 평소의 인챈트와 마찬가지에 효과도 같았다.

문제점이라면 스킬의 대기시간이 인챈트보다 길어지는 점과 MP 소비량이 확 뛰는 점이었다.

몇 차례 반복하면서 알아낸 점을 에밀리에게 전했다.

"어어, 나 혼자든 에밀리랑 같이 있든 MP 소비량은 차이 없나? 꽤나 늘었는데."

"그렇다면 파티 멤버 개개인에게 인챈트를 쓰는 편이 소비량이 적어서 편할까?"

"그래. 그리고 짧은 시간에 한꺼번에 쓸 수 없으니까 실제로는 한 종류밖에 못 쓸지도. 조금 더 조사해보고 싶은데, 에밀리."

"알았어. 표적이라면 이 아이들이면 되겠지. ──〈소환〉."

그렇게 말하며 던진 핵석에서는 어젯밤에도 본 에밀리의 합성몹인 우드 돌이 열다섯 마리. 그리고 슬라임 계열 몹 열다섯 마리도 소환되었다.

MP를 소비하지 않고 써먹을 수 있는 합성몹의 올바른 사용법이라고 생각하면서 에밀리가 준비해준 표적을 향해 인챈트를 썼다.

"〈존 인챈트〉──디펜스!"

나와 에밀리, 불러낸 합성몹들에게 인챈트. 타깃으로 지정한 숫자는 레이드 퀘스트와 거의 같은 숫자인 약 여섯 파티였다.

하지만 아무 일도 안 일어나는데?

"──어, 어라?"

MP를 죄다 빨아먹히고 인챈트가 불발로 끝났다.

"인챈트 한 번으로 MP가 바닥나서 불발이라……."

"그럼 자세히 조사해보자."

일단 인챈트의 효과가 끝나는 것을 확인해서 다시금 인챈트를 썼다.

그 결과, 몇 가지 사실이 밝혀졌다.

"소비 MP는 여섯 명 이상이면 가속도적으로 불어난다."
"하지만 스킬 재사용을 위한 대기시간이 인원수에 따라서 변함없다는 게 이점이네."
그게 위안거리인가 싶어서 고개를 갸웃거렸다.
소비 기준이 스킬의 기본 소비량의 열 배가 되고, 어느 선을 넘으면 가속도적으로 소비량이 뛴다. 인챈트의 경우 MP가 최대치인 상태에서의 최대 동시 인원수는 열 명이 한계였다.
그 이상을 요구하면 불발로 끝났다.
또 그것은 공격 마법에서도 마찬가지였다.
최하급의 〈봄〉이라도 여덟 발이 한계고, 동시 폭파했다고 해도 결국은 최하급 마법이다.
슬라임은 아슬아슬하지만 우드 돌은 살아남고, 연쇄 보너스를 통한 대미지를 많이 입은 개체라도 쓰러질 정도는 되지 않았다.
"단번에 상대할 수 있는 숫자로는 충분하지만, 세이 씨의 탄막이랑 비교하면 뒤지겠어."
"아무래도 그래."
MP 소비 효율로 생각하면 대단히 안 좋다. 봄의 경우는 재사용할 때의 대기시간이 길기 때문에 MP 포션을 물처럼 쓰는 것도 한 가지 방법이지만 효율이 나쁘다.
대상별로 봄을 한 방씩. 이거라면 세이 누나처럼 [지연] 센스를 통한 복수의 마법을 저축한 뒤의 일제사격이 훨씬 효율이 좋고 공격력도 강하다. 무엇보다도 [지연]으로 계속 저장해두는 동안 MP를 소비하지만, 그것과 비교해도 효율이 나쁘다.

상당히 밀집한 상태라면 같은 타이밍으로 발동해서 연쇄 대미지를 쌓는 식의 방식도 가능하지만, 너무 한정적이다.

"이렇다면 레이드 퀘스트에서는 [하늘의 눈]을 이용한 복수 인챈트라는 방식으로만 운용하는 게 좋을지도."

"그리고 인챈트가 끝나는 시간보다도 대기시간이 짧으니까 그 사이에 두세 번 정도 통상 인챈트를 걸 수도 있겠어."

"그래. 인챈트의 단독 사용이라면 대기시간이 꽤 짧아."

지금은 아직 [하늘의 눈]의 레벨이 낮지만, 레벨이 오르면 다소 개선되고 여유가 생길 가능성도 있다.

"결국 나한테 공격성 쪽은 아닌가. 뭐, 남은 시간 동안 되는 데까지 [하늘의 눈]의 레벨을 올려야지."

"알았어. 그럼 나는 슬립 상태로 해서 잠깐 휴식할게. 그 동안 합성몹들을 상대하고 있어."

"고마워, 에밀리."

그렇게 말하자 에밀리의 몸에서 의식이 빠져나갔다. 무사히 로그아웃한 모양이었다.

그리고 에밀리의 말을 지키려는 듯이 배치된 우드 돌과 내 눈앞에 늘어선 슬라임들.

일단 로그아웃한 에밀리를 기다리는 시간은 PVP의 관전이나 연이은 사건들에 함께 하지 못했던 뤼이와 자쿠로를 불러내어서 함께 쓰러뜨렸다.

두 마리의 소환으로 MP 최대치가 깎여서 〈존 인챈트〉의 최대 동시 인원수가 여덟 명까지 줄었지만 상관없다. 스킬 사용의 긴 대기시간을 기다리는 동안에 두 마리를 데리고 있으면서 인챈트를 거듭 걸었다.

저렙이기 때문에 레벨이 잘 올라서 인챈트 효율이 다소 상승했다. 구체적으로 말하자면 소비 MP와 대기시간이 미미하게 감소하였다. 없는 것보다는 나은 정도의 효과를 느끼면서 에밀리가 돌아오기를 기다렸다.

나를 포함하여 일부 몹들이 적색, 청색, 황색 등의 인챈트의 오라를 동시에 띠는 신기한 광경을 볼 수 있겠지. 왠지 데자뷔를 느끼는 건 기분이겠지.

잠시 동안 머릿속을 텅 비우고 있자니 문득 말이 새어 나왔다.

"저기, 뤼이, 자쿠로. 내가 레이드 퀘스트를 할 수 있을까?"

내 무릎에 머리를 올려놓고 눈을 감은 뤼이와 의아한 눈치로 고개를 갸웃거리는 자쿠로. 뭐, 누가 듣는 것도 아니니까 마음대로 말해보자.

"미카즈치는 최고의 타이밍이라고 그랬고 분명 다들 내가 필요하다고 그러겠지만, 아마 [언어학] 요원으로서 필요한 거겠지."

끼잉 하고 귀엽게 우는 자쿠로의 목을 간지럽히듯이 쓰다듬자, 몸을 비틀 듯이 데굴데굴 굴렀다. 그 모습에 자연스럽게 웃음이 흘러나왔다.
"뮤우도 리벤지를 위해 자기 레벨을 올리고 있어. 타쿠도 여러 대책을 생각하고."
뮤우와 타쿠만이 아니다. 세이 누나와 루카토, 토우토비. 미카즈치도 자기 레벨을 올리면서 PVP로 플레이어 스킬을 닦았다.
또 마기 씨와 클로드, 리리도 동시에 일어난 PK 소동을 진정시키려고 뛰어다녔다.
"[부가술]이나 [언어학] 이외에도 뭔가 도움이 되고 싶어."
소리 내어 한숨을 내뱉었다. 진짜로 위를 보면 끝이 없네. 그렇게 중얼거리며 내가 시선을 내리자, 내 무릎을 베고 잠들었던 뤼이와 자쿠로가 살며시 내게서 떨어졌다. 왜 그러냐는 걸까? 그리고 내 주위에 그림자가 비치더니…….
"윤 언니. 아니, 오빠. 정신 차려!"
"쿠엑! 뮤, 뮤우?!"
등을 힘껏 얻어맞는 바람에 이상한 소리를 냈다.
다급히 뒤를 돌아보며 일어서자, 뮤우가 내 양쪽 뺨을 두 손으로 붙잡듯이 하고서 이마가 닿을 정도로 가까이서 똑바로 바라보았다.
"뭐 재미있는 일을 하고 있나 싶어서 와봤더니, 혼자서 마음 약한 소리 하면 어쩌자고!"
"아니, 재미있는 일을 할 생각은 없는데……."
어라? 내 [하늘의 눈]의 레벨업을 위한 〈존 인챈트〉의 반복 사용은 기행으로 보였나.

“내 오빠는 분명히 혼자선 약해! 겁쟁이라서 도망가려고 하지만!”

“저기, 울어도 돼? 아니면 화내야 하나?”

“우리가 실수할 때는 도와줘! 언제든지 기다려줘, 등을 떠밀어줘! 도와줘! 그러니까──.”

미소를 보여주었다. 자신만만한 뮤우의 미소.

“등을 맡기고 앞만 보고 싸울 수 있어. 그러니까 나는 윤 오빠가 꼭 우리의 뒤를 받쳐준다고 믿어.”

“……뮤우.”

등을 지키는 건 싸우는 이들끼리 한다. 하지만 뒤를 받쳐주는 것은 내 역할인가.

서포트 메인인 캐릭터가 약한 소리를 하면 안 되지!

공격력이 없다는 건 잘 알고 있다.

그러니까 나만이 할 수 있는 일을 하자.

“고마워, 뮤우. 내가 할 수 있는 일을 해볼게.”

“게다가 미카즈치 씨가 말했어! 레이드 퀘스트가 끝난 뒤에 윤 언니가 없으면 연회의 안주가 부족해진다고.”

“내 감동을 돌려줘!”

“풋, 큭큭……. 윤, 잡혀 사네.”

“어, 어엇?! 언제부터 거기에?!”

놀라서 뮤우에게서 떨어지자, 여태까지 슬립 상태였던 에밀리가 어느 틈에 돌아와 있었다.

"로그인 했더니 윤이 약한 소리를 늘어놓길래 조용히 있었어. 보기 힘든 광경을 봤어."

가면과 음성 변조기를 장착한 에밀리를 노려보았지만, 가볍게 고개를 숙이면서 미안하다고 하길래 화낼 수도 없었다.

"그래서 저는 윤 언니를 데리고 휴식할 테니까, 또 다음 퀘스트에서 만나요!"

"그래. 충분히 기운 차리고 와."

뮤우에게 끌려가듯이 에밀리가 있는 곳을 떠나서 로그아웃하게 된 나.

퀘스트 참가를 위한 집합 시간까지 마음을 진정시키면서 시간을 보냈다.

6장 망령 늑대와 레이드 퀘스트

집합 장소는 마을 중앙의 포털이 설치된 광장. 거기에 내가 함께 로그인한 뮤우와 함께 나타났을 때, 이미 레이드 퀘스트 참가 예정인 플레이어 대부분이 모여 있었다.

낯익은 플레이어나 지인과 대화하는 낯선 플레이어. 서로 접점이 적은 플레이어는 연대 방법이나 아이템의 최종확인을 하였다.

나도 센스를 확인하였지만, 막 변경한 [하늘의 눈]은 미미한 연습으로 레벨이 1밖에 오르지 않았기에 한숨을 내쉬었다.

"윤 언니, 왜 한숨을 쉬어! 이제부터야! 이제부터."

"그래, 괜찮아."

"그럼 나는 모두에게 인사하고 올게!"

그렇게 말하고 내 옆에서 플레이어들이 모인 곳으로 달려가는 뮤우. 그 활발함이 솔직히 부럽다고 느껴지는 한편으로 어딘가 멀찍이서 나를 지켜보는 듯한 기분이 들었다.

레이드 퀘스트에 참가하는 플레이어는——.

뮤우, 루카토, 토우토비, 히노, 리레이, 코하쿠의 6인 파티.

타쿠, 간츠, 케이, 미니츠, 마미의 5인 파티.

세이 누나와 미카즈치, 그리고 길드 [팔백만]의 정예 멤버가 열두 명, 두 개 파티.

유격대로서 임기응변으로 필요한 타입의 전투 플레이어가 솔로로 다섯 명 참가.

마지막으로 나와 에밀리.

——합계 서른 명. 파티 다섯 개가 이번 레이드 퀘스트에 참가한다.

구성으로선 메인 화력이 되는 대미지 딜러와 탱커, 힐러의 비중이 많다.

탱커라고 하자면, 지인인 케이는 낮에 있었던 PVP에서 거의 활약을 보이지 못했던 대인전용 장비 대신 라지 실드와 쇼트 소드로 이루어진 방어 중시 장비로 교환하였다.

또 케이가 중심이 되어 각 포지션의 리더와 전위 플레이어와의 연대와 전체 진형, 후위의 공격 타이밍 등을 치밀하게 의논하였다.

“케이 녀석, 대단하지 않냐?

“응? 타쿠구나. 그래, 뭘 하는 건지 전혀 모르겠지만.”

그냥 멍하니 바라보는데, 뭔가 대단히 마음 편한 분위기가 탱커 플레이어들에게서 느껴졌다.

“저렇게 윤을 포함한 후위 플레이어들을 지키는 쪽으로 특화한 거야. 게다가 전원이 PVP로 연대훈련을 했으니까 즉석에서도 상당히 안정감 있는 수비를 볼 수 있지. 분명 볼만할 거야.”

그러면서 어린애처럼 웃는 타쿠.

“너는 전위라서 안 보이잖아. 대신 내가 뒷모습을 잘 봐둘게.”

“그래, 부탁한다. 이번 레이드 퀘스트 공략은 우리의 굴욕을 씻는 싸움. 나도 전력으로 가겠어.”

그런 선언을 하지 않아도 안다는 마음을 담아 말없이 끄덕였다.

이럭저럭하는 사이에 참가 예정인 멤버가 예정대로 다 모였고, 그 중심인 미카즈치가 입을 열었다.

“이번 레이드 퀘스트 공략은 복수 파티가 합동으로 진행한다. 참가 이유는 각자 다르겠지. 퀘스트 발견자로서, 대형 퀘스트를 기대하는 자들, 점령당한 에어리어에 있는 PK들에게 설욕하기 위해 참가한 사람도 있다. 이번 퀘스트 공략에는 일반적인 공략 이외에도 여러 의미가 있다. 퀘스트를 마치고 받는 보상에 관심 있는 자도 있겠지. 뭐, 그걸 기대하는 것도 좋지만, 그 전에 보스를 쓰러뜨려야 한다.”

미카즈치의 농담 섞인 퀘스트 개시 선언에 쓴웃음을 지었지만, 말이 끊긴 순간 전원이 진지한 표정을 하였다.

“여러모로 하고 싶은 말은 있지만, 주구장창 긴 말은 싫어하니까──간다!”

“““““──와앗!”””””

남성진은 분위기 좋게 호령에 맞춰서 크게 목소리를 모았다.

나는 그걸 든든한 마음으로 바라보면서 에밀리와 다른 포지션으로 배치되어서 이동을 시작했다.

도등화 나무 근처의 폐촌까지 포털로 이동하고 촌장의 집 지하로 나와 몇 명이 들어가서 퀘스트를 발생시켰다.

── [R 퀘스트 - 도등화의 늑대 토벌 1 / 3] ──

요석을 파괴하라── 0 / 7

퀘스트 발생과 동시에 요석의 포인트로 레이드 퀘스트 참가자들이 이동하여 차례로 요석을 파괴하였다.

하지만──.

"너희 같은 놈들이 오는 걸 기다리고 있었다!"

"칫! 역시 그리 쉽게 퀘스트를 받게 해주진 않나. 전원 응전해!"

요석 주변은 전투 에어리어. 이 주위에 있던 PK들이 모여서 손에 무기를 들고 우리에게 덤볐다.

미카즈치의 호령과 함께 응전을 시작하는 레이드 퀘스트 참가자. 처음부터 쉽사리 퀘스트를 받게 해줄 거라곤 생각하지 않았다.

정예 플레이어가 모여서 반격하는 가운데 PK들은 숫자로 대항하였다. 슬금슬금 포위망을 만들어서 이쪽을 에워싸고 전력으로 방해하였다.

"여기를 지나가고 싶거든 우리한테 한 번씩 죽어봐! 그리고 소모품도 두고 가고!"

무슨 강도나 도둑 같은 말을 해댔다.

이쪽은 참가자 전원이 위기감을 품지 않고, 근처에서 습격해 오는 PK들을 귀찮다는 눈치로 물리쳤다.

차츰 쓰러지는 PK들의 숫자가 늘고, 애초부터 사기가 높지 않았던 PK들이 겁에 질리기 시작했다. 뭐, 그들도 리스크가 있으니까 이기질 못할 상대에게 싸움을 걸기보다는 이길 만한 상대로 경험치를 버는 편이 득책이겠지.

하지만 아직 포위망은 살아 있어서 일부 강한 PK들이 우리와 계속 싸우는 상황에서 변화가 있었다.

포위망 바깥에서 PK들의 비명과 플레이어들의 고함소리가 들렸다.

"미카즈치 누님! 늦게나마 달려왔습니다!"

"누님! 포털 등록을 안 한 놈들을 데리고 오느라 늦었습니다!"

"너희들! ——이 에어리어의 해방을 맡기마! 점거한 PK들을 배제하고 다녀!"

"""""——알겠습다!"""""

"퀘스트 참가자는 나를 따라라! 일점 돌파로 간다!"

미카즈치의 호령에 단숨에 PK들의 포위망을 헤치고 돌진하였다. 하지만 그걸 저지하려고 정면에서 기다리는 열두 명의 PK.

그중에는 낯익은 얼굴이 몇 명 있었다. 한 명은 [옥염대]의 길드마스터 플레인. 그리고 이벤트 첫날의 PK 소동에서 우리와 싸웠던 실력 있는 PK다.

그 외에도 [포슈 하운드]의 간부 PK들이 줄줄이 있었다.

호기심, 경계, 적의, 전혀 다른 감정을 시선에 담은 가운데, 플레인이 제일 먼저 미카즈치에게 말을 건넸다.

"여어, 우리를 해치우러 왔나?"

"설마. 퀘스트를 받으러 왔을 뿐이야. 그러니까 방해하지 말라고, 꼬맹이들."

플레인과 미카즈치의 대화.

미카즈치의 도발적인 발언에 다른 PK들이 술렁댔지만, 이야기하는 플레인 본인은 재미있다는 듯이 웃을 뿐이었다.

"그럼 그 일이 끝난 뒤에 상대해줄 거야? 이번에야말로 끝내자고."

"퀘스트로 레어 장비가 손에 들어오면 이번에야말로 끝내볼까. 제일 먼저 실험체가 될 각오가 있다면 말이지."

"그거 재미있군. 그럼 나서지 않겠어. 다녀오시지."

플레인의 한마디에 다른 PK들이 들끓었다.

이 자리에서 없애자, 동료 PK를 불러 모으면 숫자로 유리하니까 일부러 통과시킬 필요 없다, 그런 말이었다. 사실 PK 길드로서는 여기를 통과시켜줄 메리트가 없다.

하지만 플레인은 하찮은 것을 바라보는 무기질적인 눈으로 다른 PK들을 바라보았다.

"이렇게 여럿이서 에워싸고 싸우는 것에 우리 [옥염대]는 메리트를 못 느끼겠어."

"뭐?!"

"그러니까. 여기서부터는――대난투다!"

"가자, 윤!"

타쿠의 목소리에 따라 플레인네 PK들의 옆을 빠져나갔다.

우리에게 등을 돌린 채 벽이 되어서 같은 PK들과 대립하기 시작하는 플레인.

나는 지나칠 때 플레인을 한 차례 노려보았다.

거기서는 PK 길드의 길드마스터끼리 언쟁을 벌이고 있었다.

"같은 PK 길드의 길드마스터인 네가 왜 우리에게 무기를 들이대지!"

"그거야 당연하잖아! 나는 싸우고 싶어! 너희 같은 잔챙이랑 손을 잡은 것도 강한 놈과 싸우기 위해서야! 내가 원하는 건 피가 끓고 살이 튀는 싸움뿐이라고!"

"미쳤군. PK가 레벨을 올리려면 리스크를 줄이고 적절한 상대를 습격할 수밖에 없잖아!"

"견해의 차이야! [옥염대]는 전투 바보의 집단이야! 애초에 너희 방식은 마음에 안 들었어. 그러니까 마지막으로 내 경험치나 되라고!"

사나운 웃음을 띠면서 [포슈 하운드]의 간부 PK 한 명을 베어버리는 플레인.

이쪽의 시선을 알아차렸는지, 순간 눈이 마주친 플레인이 소리 없이 입술만 움직여서 말을 전달하려고 했다.

독순술은 못 하지만, 요석을 향해 서두르면서 그 입술의 움직임을 떠올리며 무슨 말을 하려는 것인지 생각했다.

그리고 찾아낸 말은――[기, 다, 려, 주, 마].

――기다려주마. 미카즈치의 강화를 바라니까 본인은 역시나 전투광인 모양이다.

또 미카즈치가 레이드 퀘스트로 강화한다면, 자신은 여기서 걸리적거리는 PK들을 배제하고 자신의 레벨업을 꾀한다. 그런 플레인의 생각이 읽혔다.

그리고 플레인에게 그 자리를 맡기고 우리는 요석을 돌며 퀘스트를 진행시켰다.

모든 봉인을 풀고 도등화 나무로 다가가자, 여태까지 습격해 왔던 PK와 거기에 대치하던 플레인의 패거리는 주위에서 사라지고 나무 앞에 도달할 수 있었다.

달은 붉게 물들고, 그 가운데 핑크색 꽃이 존재감을 보였다.

눈앞에 솟은 나무를 모두가 올려다보는 가운데, 지면에서 출현하는 스켈톤 라이더들의 세례가 시작되었다.

"탱커 열 명은 후위를 지켜! 딜러는 탱커의 뒤에서 공격을 날려! 힐러는 안전거리를 지키면서 전체의 HP 관리를! 전위는 나를 따라와!"

"이번에야말로 쓰러뜨리겠어!"

"뮤우, 너무 돌출하지 마."

뮤우와 타쿠가 각각 스켈톤 라이더를 향해 달려가고, 마찬가지로 전위를 맡은 간츠, 루카토, 토우토비, 히노 등이 각자 연대를 짜며 싸웠다.

지난번 스켈톤 라이더의 세례와는 달리, 이번 싸움은 출현하는 적 전체와의 전면충돌 양상을 보였다.

우리 숫자에 맞춰서 공격해 오는 숫자가 변하는 스켈톤 라이더.

지난번과 마찬가지로 무기를 든 통상 스켈톤들이 포위망을 구축하고 덤벼들었다. 하지만 이쪽은 저번과 상황이 달랐다. 파티의 탱커가 한줄로 늘어서서 그 침공을 막아주었다.

탱커의 방패 사이로 무기를 찔러서 스켈톤들을 빛의 입자로 바꾸었다. 그래도 생겨난 구멍을 메우듯이 차례로 스켈톤이 쇄도했다.

또 정예 스켈톤 라이더는 늑대의 기동력으로 탱커를 우회했지만, 미카즈치를 비롯한 전위 몇 명이서 에워싸고 확실하게 처리하였다.

"우리도 갈게. ——〈아이스 랜스〉!"

세이 누나를 시작으로 코하쿠, 리레이, 마미 일행의 마법직 마법들이 꼬리에 꼬리를 물고 스켈톤의 밀집지에 꽂혔다. 마법직은 지난번에 존재를 확인할 수 없었던 마법을 쓰는 스켈톤, 스켈톤 매지션을 정리하기 위해 탱커의 머리 너머로 마법을 날렸다.

그리고 회복을 맡은 우리 서포트 요원은——.

"마법을 쓰는 스켈톤까지 있었나. 마법공격도 탱커에게 집중되는군. 그렇다면 〈존 인챈트〉——마인드!"

"케이, 그런 식으로 전선 유지에 힘써봐! ――〈라운드 힐〉!"
"알고 있어, 미니츠! ――〈콜링 실드〉!"
"""""――〈콜링 실드〉!"""""
나와 미니츠는 범위회복 마법과 범위마법 방어 인챈트를 걸었다. 한편 케이를 포함한 탱커들이 방패를 부딪치며 소리를 울렸다.
[방패] 계열 스킬인 〈콜링 실드〉는 어그로를 높이는 효과가 있다. 적의 공격을 자기 쪽으로 더 끌어올 수 있다.
"대단해. 이게 복수 파티의 싸움……."
"그래, 연대를 짠 싸움이야."
처음 보는 방식의 싸움에 감동을 느끼는 동시에 적 후위의 스켈톤 매지션을 노려서 나는 화살을 날렸다.
내 옆에 서 있던 에밀리도 연접검을 휘둘러서 좌우에서 밀려나오듯이 빠져나온 스켈톤을 쓰러뜨렸다.
시종일관 스켈톤들과의 싸움의 주도권을 쥐고 압도하는 우리들. 눈에 띄는 대미지는 없었다.
그리고 어느 정도 숫자를 쓰러뜨리자, 스켈톤들이 물러나기 시작하고 나무로 이르는 길을 트듯이 좌우로 갈라졌다.
하지만 여태까지는 준비운동에 불과했다.

―― [R 퀘스트 - 도등화의 늑대 토벌 3 / 3] ――

도등화의 늑대 [가름팬텀]을 쓰러뜨려라. 0 / 1

이제부터 시작된다——진짜 레이드 퀘스트가.

●

진짜 레이드 보스 가름팬텀이 나타났다.

이전과 마찬가지로 뿜어져나온 가스가 모여서 거대한 늑대의 모습이 되었다.

[너희냐. 내 요석을 파괴한 것은…….]

완전히 똑같은 대사. 이건 정해진 시나리오대로 말하는 AI니까 어쩔 수 없지만, 마치 무시당하는 듯한 느낌이 들었다.

이쪽을 지그시 노려보는 늑대와의 두 번째 대면. 긴장에 침을 삼켰다. 졌던 쇼크를 떠올리지 않을까 걱정이 되어서 늑대에게서 눈을 떼어 뮤우를 보았다. 그러자 살짝 어깨가 떨리고 있었다.

하지만 그 떨림은 공포나 동요 같은 안 좋은 것에 기인하는 게 아니었다. 지금 늑대를 올려다보는 눈동자의 의지는 강하고, 하얀 이를 보이며 당장이라도 싸우러 달려갈 정도로 즐거운 표정을 하고 있었다.

그런 스스로를 억누르느라 움찔대는 모습은 어린애같다고 생각하였다.

뮤우만이 아니었다. 타쿠나 마찬가지로 첫 레이드 퀘스트에 흥분하며 전투를 기대하는 플레이어도 몇 명 보였다.

이렇게 게임을 좋아하고 사랑하는 게임 바보들이라고 해야 할까.

괜한 긴장을 한 자신이 바보스럽게 여겨졌다.

그리고 레이드 보스인 가름팬텀에게 시선을 되돌리자, 지난번과 달리 이쪽이 기정 숫자를 만족시켰기 때문인지 대사에 변화가 있었다.

[마침 도등화 나무의 양분이 부족하다. 게다가 잃어버린 요석을 다시 만들려면 머릿수도 부족하다. 사랑스러운 나무의 일부가 될 수 있다는 것을 영광으로 생각해라!]

"온다!"

이게 전투 개시의 계기가 되었다.

미카즈치가 소리치는 동시에 방금 전과 마찬가지로 산개하여 진영을 짜는 우리들.

가름팬텀의 10미터를 넘는 거구에서 나온 포효가 지면에서 대량의 스켈톤을 불러내었다.

"아가씨! 첫 접촉이야! 버프 걸어!"

"알았어! 〈존 인챈트〉——디펜스!"

내가 방금 전과 마찬가지로 범위 안에 있는 탱커에게 DEF 인챈트를 걸자, 직후에 그들은 선행한 스켈톤 라이더와 정면에서 충돌하며 버텼다.

가로로 늘어선 형태도 재질도 다른 방패 사이에서 검이나 창을 찌르고 밀어냈다. 스켈톤의 세례와 비교하자면 덤벼드는 적의 밀도가 낮기 때문에 반격의 기회가 많았다. 무기로 밀어낼 수 없는 적에게는 방패면으로 강타했다.

일련의 강습이 불발로 끝나자 스켈톤 라이더는 크게 호를 그리듯이 반전하면서 늑대 주위를 한 바퀴 돌아 재공격 준비에 들어갔다.

그 틈을 메우듯이 스켈톤 매지션이 뼈지팡이를 쳐들고 후위에서 준비에 나섰다.

"마법직! 방어. 그 다음에 공격!"

미카즈치의 지시에 마법사들이 탱커의 전선 앞에 방어 마법을 전개하여 공격을 막았다. 그리고 공격이 끝난 직후에 탱커의 방어 라인에서 튀어나가듯이 전위가 앞으로 달려나가고 머리 위를 마법직의 색색의 공격이 날아다니며 스켈톤 매지션에게 꽂혔다.

재공격을 시도하는 스켈톤 라이더가 가속으로 기세를 붙이기 전에 쓰러뜨리려고 접근하는 전위들.

"윤. 나도 갈게. ──〈소환〉 브론즈 골렘, 프레임 비스트, 아이스 비스트, 블러드 섀도."

에밀리가 소환한 것은 적동색 골렘과 화염과 얼음의 키메라, 그리고 마지막 한 마리는 처음 보는 것이었다. 하지만 왠지 모르게 남부 습지대의 보스몹 다크맨과 비슷했다.

맨들맨들한 표면의 부정형의 인형.

"윤이 교환해준 [마법생물의 촉매금속]으로 핵을 만들어서 박쥐의 독피로 구축한 몸이야. 자, 가라!"

이전에 트레이드한 아이템은 이렇게 사용되었나. 또 블러드 섀도의 몸을 유지하는 박쥐의 독피는 알과 라이나와 함께 파티를 짜고 레벨업을 하던 때에 입수한 것이겠지.

방어 중시이기 때문에 공격이 닿지 않는 전장의 공백지대. 거기에 에밀리가 불러낸 몹이 집결했다.

골렘이 덤벼드는 스켈톤 라이더의 돌격을 받아냈다.

화염과 얼음의 키메라가 그 기동력으로 발이 멎은 스켈톤 라이더를 깨물고 쓰러뜨렸다.

마지막으로 마법생물인 블러드 섀도가 손을 해머 모양으로 바꾸어 전력으로 두들겼다.

스켈톤에게 프로그래밍된 행동 패턴에 대처하면서 서서히 그 숫자를 줄여나갔다.

나는 MP 포션으로 〈존 인챈트〉의 사용으로 바닥난 MP를 회복시키고, 이번에는 후위에 있는 마법직에게 광역 INT 인챈트를 걸었다.

초반의 전개는 유격과 마법직이 주위의 스켈톤 라이더를 줄이고, 탱커가 붙들어서 후위에게 적이 가지 않도록 어그로를 컨트롤하였다.

현재 나는 활을 들고 있지만, 상황이 변할 때까지는 공격이 금지되었다.

"하아, 어그로 관리는 귀찮아. 공격을 가하면 그만큼 대미지가 축적되어서 일찍 끝날 텐데."

"윤, 그런 말 하지 마. 이것도 중요한 집단 전투의 테크닉이니까. 장기전에 중요한 팩터인 힐러와 주력인 대미지 딜러가 우선적인 타깃이 돼. 그러면 퀘스트의 완수율도 크게 변해. 시간이 걸려도 안전하게 쓰러뜨리는 게 중요해."

그렇게 말하면서 융단폭격처럼 끊임없이 스켈톤 매지션에게 공격을 날리는 세이 누나.

그 외 마법직의 주력부대는 인챈트로 강화된 공격으로 재빨리 스켈톤을 쓰러뜨렸다.

잠시 뒤에 적의 숫자가 줄고 늑대에게 가는 길을 트였을 때, 가름팬텀이 다시금 포효를 질렀다.

여태까지 조용히 지켜보면서 움직이지 않던 늑대가 다시금 움직이기 시작했다.

거기에 맞춰서 뮤우와 타쿠 일행으로 구성된 유격조 참가자들이 가름팬텀에게 직접 공격하기 위해 서둘러서 다가갔다.

"여기서부터가 진짜입니다! 방패는 정면! 유격은 좌우 전개! 오른쪽은 제가 지휘합니다!"

"왼쪽은 이쪽!"

"정면! 제일 죽을 확률이 높으니까 HP에 세심한 주의를 기울여!"

오른쪽 유격은 루카토를 사령탑으로 한 뮤우의 파티.

왼쪽 유격은 타쿠를 중심으로 에밀리와 간츠가 들어간 혼성 파티.

그리고 정면과 우리를 포함한 후위, 에밀리가 푼 골렘을 중심으로 한 몹들. 정면의 중심에 미카즈치가 서고 부관으로 세이 누나가 지시를 내렸다.

"다들 우리는 타이밍 중시! 좌우의 유격에게 타깃이 돌아갈 것 같거든 일제 공격으로 타깃을 빼앗아!"

""""예!""""

"그리고 윤한테는 보스와의 접촉으로 안전거리를 확인한 뒤에 지시를 내릴게."

"오케이. 온다! 〈존 인챈트〉——디펜스."

정면에서 돌진해 오는 가름팬텀을 상대로 방패를 든 탱커에게 광범위 방어 인챈트를 다시금 걸었다.

스켈톤 라이더의 돌격과 비교도 되지 않을 정도의 충격이 탱커들의 몸에 스쳤고, 받아내기만 했는데도 그 충격으로 HP가 3할 줄어들었다.

힐러나 포션을 최대한 사용하여 HP 회복을 꾀하고 안전거리 확보를 우선한다는 [생명을 소중히] 작전이다. 그렇기 때문에 아이템은 아낌없이 썼다.

또 내 인챈트가 닿지 않는 범위의 플레이어들도 각자 인챈트 스톤이나 자기강화 아이템을 사용하여 스테이터스 버프를 걸었다.

우리가 가름팬텀의 정면을 버텨낸 뒤, 유격이 반격을 시작했다.

"PVP에선 활약할 수 없었지만, 여기선 멋지게 활약해주지! 자, 배에 구멍을 내주마! ——〈도깨비사냥 발차기〉!"

왼쪽 유격 멤버의 간츠가 높게 도약하더니 빙글 돌면서 잔상을 남기는 강렬한 발차기로 선제공격을 넣었다.

"너무 나대다간 앞다리에 당한다!"
"그럼 그 전에 한 방 더! ――〈도깨비사냥 발차기〉!"
간츠를 시작으로 맨손 격투가 플레이어의 특징――그것은 아츠의 대기시간이 아주 짧다는 것이다.
공중 콤보 저리 가랄 정도로 체공시간을 연장하면서 물리법칙을 무시한 회전 발차기를 연속으로 날렸다. 또 간츠의 뒤를 이어서 공격을 거듭하는 왼쪽 유격조.
하지만 결정타가 되는 공격은 없어서, 그걸 귀찮게 느낀 늑대가 몸을 비틀고 앞다리를 휘둘러 간츠를 짓뭉개려고 했다.
"! 〈인챈트〉――디펜스!"
가름팬텀에게 얻어맞기 직전에 내 DEF 인챈트가 들어가서 공중에서 지면에 내던져진 간츠는 4할 정도의 대미지로 끝났다.
간츠는 곧바로 회수되었고, 왼쪽 유격조의 힐러를 맡은 미니츠가 회복시켰다.
물론 설교를 곁들여서.
"너, 전에도 나대다가 당해버렸잖아! 애초에 즉사가 아니었다고 해도, HP가 단숨에 줄어들면 [기절]하잖아!"
"그, 그건 조금 방심했을 뿐이야!"
"그럼 방심하지 말고 해!"
저 긴장감 없는 대화는 뭘까. 이번에는 내 〈존 인챈트〉의 대기시간 문제도 있어서 아슬아슬하게 들어갔지만, 타이밍이 어긋났으면 방어 인챈트를 걸어줄 수 없었다.

늑대가 몸을 틀어 왼쪽 유격조에게 의식을 돌린 사이에 오른쪽 유격조와 정면이 안전하게 공격하면서 일격이탈을 반복했다.

그 직후에 정면에서 폭포처럼 마법들이 날아갔다.

마법공격이 가장 큰 대미지원이 되어서 가름팬텀의 HP 2할을 깎아낼 수 있었다.

"전체! 마음 풀지 마! 아직 초반 중의 초반이야."

일단 마음을 조이는 미카즈치. 다들 적당한 긴장감에 휩싸였다.

"그럼 우리 역할은 몸으로 적을 붙잡는다……로군."

"그래. 충격이 세지만……. 탱커는 그런 거잖아?"

"난 이게 끝나면 수수한 탱커 보급에 힘써보지!"

"어이, 너, 그거 사망 플래그니까 하지 마!"

일부에서는 실없는 이야기가 오갔지만, 꽤나 진지하게 작업하였다.

다른 플레이어보다도 방어력이 높은 탱커도 몇 번이나 무거운 충격을 받아 HP가 확실하게 줄어들었다. 뒤에서 대기하는 힐러가 그걸 회복하고 정면을 유지. 탱커는 방패의 틈새나 뒤에서 찔끔찔끔 안전하게 공격을 가했다.

하지만 그런 약속을 하면 사망 플래그가 서는 거구나 싶었다.

[크르르르르르——.]

"이런! 큰 거 온다! 좌우, 대피!"

미카즈치의 다급한 목소리와 함께 네 다리를 지면에 꽂듯이 버티고 서는 늑대.

처음 보는 보스를 격파하는 건 정보 부족 때문에 시종일관 적의 모션에 주의를 기울여야만 한다. 미카즈치의 경계에 따라 좌우의 유격조는 산개하고, 공격의 리스크에 대비하여 정면의 탱커가 밀집 진형을 짜서 방어를 다졌다.

방금 전보다도 네 다리에 힘이 들어간 돌격이 탱커에게 부딪쳤다.

방어 인챈트 이외에 뭘 할 수 있을지 생각하다가 재빨리 외쳤다.

"〈커스드〉——어택!"

물리공격 커스드에 따른 스테이터스의 저하를 일으켰다. 늑대의 돌진이 무수한 방패에 부딪쳤다. 하지만 탱커들은 비스듬히 미끄러뜨리듯이 위력을 눌러 간신히 받아흘렸다.

피해를 줄이는 시도는 성공했던 모양이다.

하지만 돌격의 기세는 죽지 않아서 그 거구가 탱커의 왼편을 억지로 뚫고 지나갔다. 그렇게 돌파했을 때, 늑대가 포효했다.

그 소리에 호응하듯이 다시금 지면에서 나타나는 스켈톤들. 대형이 크게 흐트러진 뒤에 다시금 포위망이 생긴 것이다. 그것도 처음과 달리 가름팬텀은 자유롭게 행동하고 있다.

"온다!"

"〈존 인챈트〉——디펜스!"

두 번째 돌격에 맞춰서 탱커들은 만전의 상태로 돌아가서 다시금 밀집 진형을 짰다.

돌격 순간, 탱커들의 협력으로 한층 방어력이 올라가고 그들의 몸과 방어구가 크게 삐걱거렸다. 가름팬텀의 기세에 눌려서 지면을 헤집듯이 밀려나며 HP가 줄어들었지만, 몸을 앞으로 기울인 자세인 채로 방패를 내밀고 늑대를 세웠다.

"지금이다! 좌우 유격 중 절반은 보스를 노려! 나머지는 스켈톤에게 대응!"

방패를 들이받듯이 눌린 몸으로는 앞다리를 들어 올릴 수도 없어서 좌우에서 아츠나 스킬의 맹공을 받는 보스.

이때다 싶어서 마법직들이 캐스팅이 긴 기술을 연발하는 가운데, 늑대는 후퇴하듯이 정면과 거리를 벌리고 꼬리와 뒷다리로 응전했다.

또 바깥쪽에서는 소환된 소수의 스켈톤들의 산발적인 공격을 흘리면서 반격하고 있었다.

"피라미는 꺼져! 다시 지면으로 돌아가!"

늑대는 물거나 할퀴기도 하면서 공격했지만, 탱커의 벽은 두꺼워서 대처 가능한 레벨에 머물렀다.

상황을 유지하면서 슬금슬금 가름팬텀의 HP를 깎아갔다.

그리고 HP를 7할까지 깎아내렸을 때 크게 후퇴한 늑대는 몸에서 반투명한 어두운 색의 충격파를 날려서, 추격하던 유격조를 튕겨냈다.

그 충격파는 대미지가 적은 녹백 공격이었다. 일단 태세를 가다듬은 좌우의 유격조. 그리고 늑대의 포효에 호응하듯이 다시금 모습을 보이는 스켈톤 라이더.

"제길! 아까 튀어나온 스켈톤도 전부 다 처리한 게 아닌데 또 추가냐!"

누군가가 투덜대면서도 스켈톤 라이더를 잘 쳐냈지만, 늑대에 대한 대처가 소홀해졌다.

좌우의 유격조가 일시적으로 스켈톤 라이더에게 집중되는 한편, 부하몹들을 쓰러뜨릴 때까지 정면의 우리가 시간을 벌여주어야만 했다.

게다가 어그로를 관리하지 않으면 소수의 유격조가 가름팬텀에게 배후에서 직접 공격을 받을 위험이 있다.

이 부하몹들과 보스를 확실히 분리하기 어려운 싸움. 그 어려운 싸움을 지휘하는 미카즈치가 적절하게 움직였다!

"어그로를 다른 사람에게 주지 마! 공격 가능한 사람은 보스를 공격! 대미지보다도 어그로 중시! 다른 이들이 돌아올 때까지 시간을 번다."

간신히 미카즈치에게서 공격 해금 선언이 나왔다.

나는 인챈트를 관리하면서 활에 화살을 메겼다.

인벤토리에서 전투에 방해되지 않는 종류의 상태이상 화살을 꺼내어 늑대의 코를 향해 날렸다.

독, 마비, 수면, 기절 등등 몇 개씩 쏘았지만, 효과는 없었다. 방금 전에 공격 저하의 커스드가 성공했지만, 그건 단순히 운이 좋았던 것뿐인 듯 싶었다.

레이드 보스급의 몹은 온갖 내성이나 스테이터스에 따른 저항이 강하겠지. 이런 식의 공격은 효과가 별로다.

그럼 정공법으로 가자.

화살통에 준비된 화살을 손에 들고 쏘았다.

늑대의 거구는 면적이 크기 때문에 화살을 맞히기 쉽다. 그만큼 HP가 높아서 일격의 대미지는 적다. 다만 이 화살은 가스로 만들어진 몸에 깊이 꽂혔다.

[크르르르?!]

"은 장비는 소재 특성으로 언데드에게 대미지 보정이 붙으니까. 준비할 때 지출이 좀 컸어. 제대로 맛보란 말이야!"

사용한 것은 은화살. 은제 화살촉을 사용한 화살은 언데드 계열에게 대미지 보정이 붙는다.

"〈존 인챈트〉──디펜스!"

다시금 수비를 강화하고 MP 포션을 사용하여 회복. 인챈트 후의 긴 대기시간 동안에 화살을 날리면서 약간이나마 전투에 공헌했다.

그리고 좌우 유격조가 부하몹들을 쓰러뜨리고 돌아왔을 때 다시금 나는 인챈트에 전념하였다.

이 패턴이 반복되고 늑대의 HP가 6할 이하로 내려갔을 때 늑대의 공격 모션에 변화가 생겨났다.

이것이 중반전 개시의 신호가 되었다.

●

중반 이후로 보스만이 아니라 부하몹인 스켈톤의 공격이 서서히 격심해져서 플레이어에게 나름대로 대미지를 계속 입혔다.

"크……. 회복! 얼른!"

"예! ――〈라운드 힐〉!"

전위를 유지하는 탱커의 대미지는 시간이 갈수록 증가하였다. 방어 인챈트와 힐러의 노력으로 안전권을 유지하지만, 가름팬텀의 앞에서는 HP 5할 이상이 되어야 안전하다.

또 전투 당초에는 깊은 어둠 같던 늑대의 눈동자 색깔은 대미지의 축적에 따라 붉은 빛이 늘어서 현재는 적자색에 가까운 색깔이었다.

"〈존 인챈트〉――디펜스!"

몇 번째인지 모를 광역 인챈트. 보스의 공격력은 계속 올라가는데다가 부하몹인 스켈톤들을 재소환하는 간격이 서서히 짧아지기 때문에 장기전의 양상을 띠었다.

그걸 타개할 방법으로 가름팬텀에게 ATK 약체화 커스드를 걸었지만, 스테이터스의 차이인지 저항되어 불발로 끝났다.

보스의 공격력은 올라가서 마음을 놓았다간 정면의 방어가 무너질 위험성을 항상 품은 채로 대미지를 주었다.

"다음, 부하몹 처리가 끝나면 전원이 타이밍을 맞춰서 공격한다! 단숨에 밀어붙여!"

미카즈치의 한마디에 좌우 유격조의 관리를 맡은 루카토와 타쿠가 대답하고 행동하였다.

뮤우네를 포함한 파티는 솟아나기 시작한 스켈톤 라이더에 대해 원형진을 짜듯이 방어를 굳히며 가름팬텀에게서 거리를 벌리기 시작했다.

또 타쿠네와 기타 인원을 포함한 파티도 마찬가지로 가름팬텀에게서 떨어지듯이 후퇴했다.

거듭된 스켈톤의 재소환으로 좌우 유격조의 행동이 최적화되고 처리하게 쉬운 행동 패턴이 만들어졌다.

"이렇게 계속 피라미가 덤벼들면 재미없는데. 더 콰쾅 하고 퍼펑 하는 활약을 하고 싶은데."

"뭐, 나는 이것도 재미있어. 때리면 핀볼처럼 여럿이 맞으니까."

느긋하게 스켈톤 라이더를 때리듯이 베는 뮤우와 해머를 휘두르며 바람소리와 함께 여러 적을 날려버리는 히노.

원진 중앙에서는 코하쿠와 리레이가 강력한 마법 준비를 시작하고, 루카토와 토우토비가 두 사람을 지켜주었다.

"아아, 이렇게 숫자가 많으면 한 방에 쓸어버리는 수밖에! 히노, 잠깐 시간 좀 벌어줘."

"뭐? 뭐 재미있는 거라도 하게? 좋아. 하지만 회복 좀 부탁해."

그렇게 말하며 크게 휘두르던 해머자루를 짧게 쥐고 빠르고 작은 스윙으로 응전하는 히노. 해머 사정거리보다 안쪽에 들어온 스켈톤을 처리할 수 없어 해머 자루로 후려쳐서 해치웠다.

그래도 단숨에 히노에게 부담이 모였기 때문에 나름 대미지를 입었지만, 그 전에 뮤우의 준비가 끝났다.

“간다! ──〈선라이트 샤워〉!”

비어 있는 손을 위에서 아래로 휘두르자, 뮤우네 파티 주위에 빛이 쏟아졌다.

햇빛을 반사, 증폭시킨 듯한 강한 빛이 밤의 어둠을 걷어내고 주위를 밝게 비췄다.

빛의 범위에 있던 스켈톤들은 그 빛에 불타서 무너졌다.

같은 광범위마법인 〈라이트 웨이브〉보다도 위력이 강한 광 마법으로 대미지를 입은 개체는 곧바로 소멸하고, 그래도 버틴 몇 마리는 통상 공격에 빛의 입자가 되어 사라졌다.

뮤우네가 범위마법으로 대처하는 한편, 타쿠네도 동시공격에 대비하면서 재빨리 처리하려고 하였다.

후위가 동시공격 때에 부담이 되지 않을 정도로 마법으로 스켈톤에게 대미지를 쌓고, 전위가 확실하게 마무리 지었다.

뮤우처럼 강력한 공격수단은 아니지만, 숫자와 안정성으로 재빨리 준비에 들어간다. 그런 공격에는 에밀리가 불러낸 몹들이 한몫 거들었다.

그리고 정면을 지키는 우리는──.

"세이. 잡몹들이 정리되거든 발을 묶을 마법을 준비해줘."

"알았어. 그렇긴 해도 사이즈를 보면 한쪽 다리를 붙드는 정도야."

"충분해. 아가씨 쪽은 공격 직전에 마법직에게 강화를."

"오케이."

긴장한 분위기 속에서 스켈톤들의 숫자가 줄어들고, 드디어 호령이 떨어졌다.

"지금이다!"

"――〈아이시클 록〉!"

"〈존 인챈트〉――인텔리전스."

세이 누나의 지연 마법과 내 인챈트는 거의 같은 타이밍에 발동했다.

발치에서 솟아난 냉기가 두꺼운 얼음이 되어 늑대의 오른 다리를 붙들었고, 내 인챈트가 정면의 마법직들의 마법공격력을 올렸다.

또 보스가 정지하면서 조준하기 쉬워졌기에, 왼쪽 유격조는 연사성 높은 마법을 날리며 연쇄 보너스를 쌓아서 대미지 배율을 끌어올렸다.

오른쪽 유격조는 코하쿠와 리레이의 콤비네이션 마법이 작렬하여 큰 대미지를 주었다.

그리고 최대 화력인 정면. 정지한 상태인 늑대에게는 연쇄 보너스의 대미지량 상승과 인챈트로 집단 강화가 들어간 세이 누나를 포함한 정면 마법사들이 일제히 마법을 날렸다.
다중으로 울리는 마법공격과 효과 이펙트의 광채에 얼굴을 찌푸렸다.
화염과 얼음, 폭풍에 빛, 온갖 여파가 남은 자리로 눈을 돌리고, 전원이 다음 습격에 대비하여 진형을 재편성했다.
이 자리에서 누구 하나도 레이드 보스가 쓰러졌다고 생각하지 않아서 수비를 다지며 대미지를 회복하고 MP를 아이템으로 보충했다.
하지만 이 순간에서는 모두가 이 말을 하고 싶어지겠지.
“““““——해치웠나?”””””
직후에 마법의 여파를 날려버리는 충격파가 가름팬텀을 중심으로 일었다.
무슨 말을 하고 싶은지는 알겠지만, 그렇다고 꼭 그렇게 플래그를 짓밟을 필요는 없잖아. 게다가 한두 명이 말한 것도 아니고.
“칫. 전원 방어 진형! 공격력이 더 올랐어!”
무의식중에 혀를 차는 미카즈치가 경고를 날렸다.
눈에 보이는 가름팬텀의 HP는 3할 이하로 내려가면서, 눈동자가 적자색에서 더욱 붉은빛을 더해 번쩍번쩍 광채가 나서 흉악하게 비쳤다.
가름팬텀의 이동은 빨랐다.
정면 전위는 방패를 정면에 세우고, 버티기 위해 내 인챈트로 방어를 다졌다.

또한 [방패] 센스 소유자가 집단으로 방어 아츠를 발동하여 방어에 주력하는 가운데, 가름팬텀이 자주색 이펙트를 빛내면서 굵은 앞다리를 휘둘러――수비 일부가 무너졌다.

정면에서 플레이어에게 있어서 이상적인 형태로 공격을 받아냈지만, 늑대는 힘으로 억지로 돌파하여 무너뜨렸다.

――필살의 일격.

그 일격에 버틸 수 있는 자는 안전권인 5할을 넘은 6할의 대미지를 입었고, 또 충격을 견디다 못해 뒤로 자세가 무너진 자는 남은 HP가 3할 이하로 내려가는 대미지를 받았다.

일부 방어구의 파손이나 큰 대미지에 따른 [기절] 상태이상이 발생.

지금 상황에서 가름팬텀에게 추격타를 맞으면 위험한 상황이다.

후위가 전위를 즉각 회복시켰지만, 방어에 뚫린 구멍으로 늑대가 돌격하여 부딪치려고 했다.

"〈소환〉――있는 대로 다 나와!"

본디 그렇게 뚫린 정면의 구멍을 메우기 위한 잉여 전력은 어디에도 없을 터이다. 하지만 그 잉여 전력을 만들어낼 수 있는 플레이어가 한 명 있었다.

"커버가 늦지 않아서 다행이야."

가름팬텀의 앞을 가로막는 다종다양한 몹들의 군단. 다들 에밀리가 소환하여 탱커의 역할만을 부여한 몹들이었다.

돌로 만들어진 골렘, 복수의 동물을 합친 키메라. 인간형,

곤충형, 부정형 등 온갖 연금몹, 합성몹이 늑대의 왼쪽 앞다리에 달라붙어서 시간을 벌었다.

"——〈아이시클 록〉!"

"——〈매드 풀〉!"

나와 세이 누나가 눈짓으로 신호하고 포박용 마법을 동시에 사용하였다.

세이 누나의 〈아이시클 록〉이 왼쪽 뒷다리를, 내 〈매드 풀〉은 골렘과 키메라가 달라붙은 채로 왼쪽 앞다리를 진흙탕에 빠뜨려서, 가름팬텀의 몸이 오른쪽 유격조 쪽으로 기울었다.

가름팬텀은 자유로운 다리만으로 버티며 빠져나오려고 힘을 넣었지만, 왼쪽 유격조가 그걸 저지했다.

"먹어랏", "찔러, 찔러, 찔러어엇!", "하압!"

통나무처럼 굵은 다리를 양손의 장검으로 베는 타쿠와 정권 지르기를 반복하는 간츠 일행이 그 움직임을 저지했다.

"우리도 간다!"

정면에 선 탱커들이 복귀하여 케이의 호령과 함께 밀어붙이듯이 전진을 시작했다.

가름팬텀도 일방적으로 당하지만은 않았다. 움직임이 묶은 자신을 지키기 위해 새로운 스켈톤 부하들을 불러내어 방어에 배치했다.

나타난 스켈톤 라이더에게 방해받은 왼쪽 유격조와 에밀리의 골렘과 키메라.

왼쪽 유격조는 파도처럼 물러나며 익숙한 동작으로 기동력이 있는 스켈톤 라이더를 처리하였다.

나는 시위를 당기며 부하들을 줄이기 위해 조력했지만, 그래도 늑대의 복귀 저지에는 도움이 되지 못했다.

"〈존 인챈트〉——디펜스."

이미 전열에 복귀한 이들은 전원이 늑대와 눈씨름을 벌이고 있었다. 방금 전과 같은 공격을 조금이라도 놓치지 않도록 준비하고, 혹시 같은 공격이 와도 마찬가지로 받아낼 수 있도록.

"왼쪽 유격조, 경계해!"

늑대의 행동은 다리에 달라붙은 몹 군단을 떼어내고 소멸시키는 동시에 왼쪽 유격조 쪽으로 몸을 돌렸다.

"정면, 전력 공격! 어그로를 빼앗아! 거리를 벌려!"

곧바로 떨어진 지시와 함께 전방으로 달려가는 미카즈치. 그 뒤를 쫓듯이 화살을 날렸다. 이어지는 베기, 찌르기, 마법 등 다수의 공격을 받아도 어그로의 대상을 바꿀 수 없었다.

타쿠네가 담당하는 왼쪽 유격조는 거리를 벌렸지만, 보조가 맞지 않아서 한쪽이 무너졌다.

거기를 목표로 정한 늑대는 앞다리를 쳐들고 다시금 자주색 이펙트를 퍼뜨리기 시작했다.

그 범위에는 세 명. 에밀리를 포함한 마법직과 힐러. 여기서 왼쪽 유격조가 무너질 경우, 정면에 넣어서 어떻게든 버틸 수밖에 없다.

이미 다음 전개를 생각했던 나는 그 예상이 빗나가게 되었다.

“그렇겐 안 되지! ──〈쇼크 임팩트〉!”

날카로운 발톱이 뻗은 늑대의 앞다리에 맞추듯이 뛰어들어서 두 자루 장검을 휘두르는 타쿠.

공중에서 맞부딪친 발톱과 장검은 주위에 여파를 충격파로 내뿜으면서 가름팬텀이 처음으로 노렸던 세 사람에게도 대미지를 주었다.

한순간의 균형이 사라지고, 타쿠의 몸이 충격으로 뒤로 날아갔다.

본디 범위 안에서 공격을 받았어야 할 에밀리와 다른 이들은 다소 대미지를 받으면서도 일단 무사했다.

이들은 망설임 없이 후퇴하여 타깃을 다시 정면으로 되돌릴 수 있었다. 하지만 세 사람 대신 공격을 받은 타쿠의 HP 바에서 계속 HP가 줄어드는 게 보였다.

인형처럼 힘없이 구르는 타쿠의 모습에 ‘설마 타쿠가?’라는 생각이 일었다. 그리고 HP가 완전히 사라진 타쿠는 일어서지 않고 쓰러진 채였다.

“……타, 쿠? 설마.”

메마른 웃음이 나왔다.

평소의 여유 있는 태도의 타쿠가 왜 쓰러져 있지?

항상 마지막까지 서서 여유였다고 말하는 녀석이 왜 드러

누워 있지?

뱃속에서 솟구친 말이 목을 뚫고 목소리가 되어 흘러나왔다.

"——타쿠!"

"아파, 으으, 꽤나 날아갔네. 한 번 죽었어."

벌떡 일어나서 목을 뚜둑거리며 몸을 일으키는 타쿠.

타쿠가 날아간 순간을 바라보던 모두가 계속 쓰러져 있던 타쿠를 걱정하며 지켜보았지만, 타쿠는 아무 일도 없었던 것처럼 일어섰다.

모두가 놀라서 눈을 둥그렇게 떴지만, 장본인은 일어선 순간에 멋진 미소를 지었다.

"역시 혼자서 요격하는 건 무리였어."

"멍청아! 무슨 바보 같은 짓이야!"

처음에 누가 그렇게 말하자, 왼쪽 유격조에서는 타쿠의 무모함을 비난하는 목소리가 쏟아졌지만, 다들 자기 역할을 내버리지 않고 타쿠를 지키기 위해 진형을 편성했다.

그 진형의 안에는 타쿠에게 도움을 받은 힐러가 타쿠를 회복시켰다.

타쿠는 HP가 완전 회복하자, 정면을 지휘하는 미카즈치 쪽으로 다가왔다.

"아무리 소생약이 있다고 해도 감싸는 짓은 하지 마. 뭐,

덕분에 탈락할 뻔한 호위들이 살아남았으니까 결과로선 좋지만…….”

“아, 덕분에 죽어도 안 죽는 남자가 탄생했지.”

곁눈질로 날 보았지만, 걱정했던 나는 대체 뭐였을까 하는 생각에 시선을 타쿠에게서 돌렸다.

그리고 소생약의 존재를 이 순간까지 까맣게 잊었던 나는 내 멍청함에 질렸다.

“어디, 타쿠 소년이 이쪽에 왔다는 소리는 뭔가 생각이 있나?”

“그래, 또 가름팬텀의 공격에 방어가 무너질 리스크 속에서 계속 싸울 건지, 아니면 타개하기 위해 도박에 나설 건지.”

진지한 목소리로 말하는 타쿠. 그렇게 해서 가름팬텀의 강렬한 일격에 대한 반격책은 재빨리 실행되었다.

스켈톤 라이더들이 또다시 소환되는 동시에 배제되고, 그 뒤에 플레이어 부대들의 재편제가 이루어졌다.

정면과 오른쪽 유격조는 탱커의 비율을 늘리고, 그 뒤에서 마법직이 영창 시간이 긴 큰 마법을 준비했다.

그리고 타쿠가 담당하는 왼쪽 유격조는 뮤우를 포함한 요격 계열 아츠를 쓸 수 있는 플레이어 열 명과 내가 배치되었다.

“작전은 간단해. 요격해서 가름팬텀의 다리가 멈추었을 때 결정타를 먹인다. 조금이라고 성공률을 올리기 위해서 전원에게 공격 강화. ――간다.”

"〈존 인챈트〉——어택."

타쿠의 말과 동시에 나는 존 인챈트로 최대 한계인 열 명에게 물리공격 인챈트를 걸고, 일제히 가름팬텀에게 돌격했다.

탱커가 없기 때문에 히트 앤드 어웨이를 반복하고 대미지와 어그로를 쌓았다. 나도 화살을 날려서 미력하나마 어그로를 버는 걸 도왔다.

언제까지 계속되는 건가 싶을 만한 섬세한 일격이탈이 이어졌다.

우리 외에 정면과 오른쪽 유격조에서는 탱커와 마법직이 극력 전투에 참가하지 않으며 타깃이 변하지 않도록 소극적으로 공격하고, 만에 하나 가름팬텀이 필살의 일격이 아니라 부하를 소환할 경우에는 지금 대기시킨 마법으로 그것들을 섬멸하는, 또 인내의 작업이다.

"왔다! 전원 정렬. 요격 준비!"

예상보다 빠르게 필살의 일격이 왔다. 예비동작만으로도 넘쳐나는 자주색 이펙트. 높은 위력의 일격이라고 판단한 타쿠의 목소리에 맞추어서 나는 다시금 외쳤다.

"〈존 인챈트〉——어택."

열 명에게 물리공격 인챈트가 걸리는 걸 확인할 틈도 없이 나는 MP 포션으로 MP를 회복했다. 한 병으로는 완전히 회복되지 않아서 두 병을 썼다.

그 시점에서 늑대의 앞다리와 발톱에 자주색 빛이 깃들고 그것을 후려쳤다.

[크르르르르르——.]

"""""——〈쇼크 임팩트〉!"""""

열 명의 유격조와 늑대의 일격이 맞부딪쳤다. 그 충격파에 나는 얼굴을 팔로 가렸다.

시간이 멈춘 듯한—— 한순간.

열 명의 유격조는 버텨냈고, 그중 한 명의 무기가 부러졌다.

〈쇼크 임팩트〉는 무기의 내구도를 극도로 소비하는 아츠이기 때문에, 무기 파손이 발생한 모양이었다. 실패의 예감이 등골에 식은땀이 흘렀다.

하지만 무기가 파손된 사람은 타쿠처럼 뒤로 날아가지 않고 자유낙하로 바로 밑의 지면으로 내려왔다.

그리고 움직이는 전개.

팽팽한 균형에서 이번에는 늑대를 튕겨내고 크게 자세를 무너뜨리는 것에 성공했다.

튕겨나서 움직임이 멎은 늑대에게 정면, 오른쪽 유격조에서 준비하던 마법이 날아갔다. 이 보스 상대로 몇 번이고 반복된 공격. 그리고 마지막의 마지막 순간까지 방심하지 않았기에 전원이 대응할 수 있었다.

[카르르르르르——.]

단말마 같은 비명으로 마법의 폭심지에서 튀어나와 이쪽으로 돌격하는 가름팬텀. 마지막으로 한 명이라도 많은 이를 길동무로 삼기 위해서. 하지만 그것은 방심했기에 일어난 일이다.

"〈매직 소드〉——솔 레이."

"〈엘레먼트 인챈트〉——웨폰. 〈인챈트〉——인텔리전스."

많은 플레이어가 회피에 전념하는 가운데 유일하게 뮤우가 가름팬텀의 앞으로 튀어나갔다.

그 늑대의 이마를 향해 검을 휘둘렀다.

은색으로 빛나는 검이 빛에 휩싸이고, 도신이 몇 센티미터 늘어났다. 그리고 존 인챈트의 대기시간이 끝난 나는 또 버프를 걸었다.

광 속성석을 소비하여 무기에 광 속성 인챈트를 걸고, 뮤우의 마법공격력을 끌어올렸다.

뮤우의 장검은 그 빛을 더욱 키우며 하얀 잔광을 남겼다.

"간다아앗!"

지면을 박차고 엇갈리듯이 늑대의 옆얼굴부터 목덜미까지는 그 장검으로 베었다. 서로 움직임을 멈추고, 검은 목덜미에 꽂힌 채였다.

늑대가 다리를 휘두르면 뮤우를 직격하는 범위. 그래도 뮤우는 무기를 손에서 놓지 않고 목덜미에 꽂힌 검을 더욱 밀어 넣듯이 두 손으로 고쳐들고——.

"——[릴리스]."

검 끝이 꽂힌 부분에서 빛이 흘러넘치고, 반대쪽 목덜미에서 수축된 광선이 뚫고 나와서 늑대의 움직임이 완전히 멎었다.

〈매직 소드〉는 자신이 사용가능한 마법을 담는 아츠다. 대응하는 속성 보너스를 얻고, [릴리스]의 키워드로 무기에 담긴 마법을 발동시킬 수 있다.

늑대의 목덜미에서 검을 뽑고 천천히 돌아오는 뮤우.

긴장 때문에 지친 얼굴을 하였지만, 어딘가 후련한 표정이었다.

"막타, 내가 먹었어."

"나 참, 위험한 짓 하지 마. 모험하지 않아도 이길 수 있잖아."

뛰어들 듯이 쓰러지는 뮤우를 나는 받아안고 한숨을 내쉬면서 맞아주었다.

나는 돌아보는 뮤우와 함께 늑대를 올려다보았다.

HP가 바닥난 가름팬텀의 눈동자는 붉은색이 아니라 맑은 청색으로 변하고, 가름팬텀은 앉아서 이쪽을 굽어보고 있었다.

그것은 적성 몬스터로서의 지성 없는 동물이 아니라 가상인격이 존재하는 지성 있는 NPC처럼 보였다.

종장 미카즈치와 플레인

뒷다리를 접고 앉은 상태로 대기하는 10미터급의 늑대가 왠지 귀엽다고 생각한 것은 방금 전까지의 살벌한 싸움 직후, 무의식중에 마음의 평안을 요구한 결과였겠지.

가름팬텀이 지성 있는 푸른 눈동자로 이쪽을 내려다보는 가운데, 퀘스트를 마무리 짓는 이벤트가 시작되었다.

[설마 제물로밖에 보지 않았던 인간에게 지다니. 집착만으로 여태까지 해왔지만, 나 자신도 한계였을지 모르겠군.]

우리에게 말하는 듯한, 그러면서도 독백 같은 대사에 전원이 무기를 내리고 올려다보았다.

[이 나무를 사랑했던 인간이 다시금 꽃을 보는 날까지 나무 밑에 시체를 산만큼 묻어서, 뿌리는 피를 빨아먹고 계속 꽃을 피웠다. 하지만 이제 지켜볼 수 없는 몸.]

여태까지 어딘가 머나먼 곳을 바라보았던 가름팬텀의 몸이 빛을 띤 연기가 되어서 풀어졌다.

서서히 윤곽을 잃어가면서도 마지막으로 플레이어들을 보는 늑대 망령은 말을 남겼다.

[이젠 자연에게 맡기는 방법으로밖에 지킬 수 없나. 어린 [도등화 나무]는 누구의 것도 아니다. 청컨대 그 사람이 돌아올 때까지, 이 나무의 꽃으로 뒤덮이는 세계라면――.]

마지막까지 말을 다하지 못하고 사라지는 레이드 보스와

함께 안내가 갱신되었다.

—— [R 퀘스트 - 도등화의 늑대 토벌 3 / 3] ——

퀘스트 종료——성공 보수, 퀘스트 첫 달성 보너스

이 정보를 보고 정말로 끝났다는 기분이 들었다. 다른 정보로서는 삼 분 뒤에 통상 필드로 강제 전송된다는 것 등이 있었지만 충분했다.

그렇기는 해도——.

"나 참, 뮤우도 타쿠도 무리나 하고. 보고 있는 이쪽이 놀란다고. 더 이상 그러지 말아줘."

타쿠가 날아갔을 때나 뮤우가 결정타를 꽂으러 뛰어나갔을 때는 정말로 심장에 안 좋았다.

나 개인으로서는 이렇게 스릴 만점인 퀘스트는 한동안 사양하고 싶다.

"음, 나는 내 손으로 레이드 보스라는 벽을 뛰어넘었어! 언니는 좀 더 칭찬해줘도 좋은데."

"윤이랑 뮤우. 돌아갈 준비를 하자. 통상 필드 쪽이 어떻게 끝났을지 모르니까."

"뭐야. 나는 잘못한 거 없어."

난 타쿠와 뮤우를 걱정했는데, 두 사람은 내 말보다도 퀘스트 클리어에 들떠 있었다. 그럴 때의 어른스러운 대응으로서는 시간이 지난 뒤에 반성회다.

“시간이 없으니까 간단히. 일단 퀘스트 보수 말인데, 통상 보수가 하나. 최초 공략 보너스가 두 개. 다들 확인했어?”

세이 언니가 잘 울리는 목소리로 퀘스트 보수에 대해 전달했다. 나도 시키는 대로 인벤토리 안에 있는 퀘스트 보수를 찾았다.

보수는 식물의 묘목, 늑대 무늬가 새겨진 연자주색 전신갑옷. 그리고 원을 그리듯이 몇 겹으로 얽힌 덩굴과 일곱 장의 등나무 꽃잎으로 된 팔찌.

전신갑옷은 방어구 여섯 개 전체가 하나의 방어구로 일체화된 것이었다.

또 일곱 장의 꽃잎으로 된 팔찌, 그중 꽃잎 세 개가 연한 분홍색으로 물든 걸 보면 도둥화를 이미지한 것으로 보였다.

“어떤 아이템이 나왔어?”

“갑옷하고 묘목, 그리고 팔찌 액세서리.”, “나는 강화 소재인 이빨과 망토, 책이군.”, “나는 묘목이랑 묘목이랑 묘목.”, “겹치기도 하는구나. 아니, 너무 겹쳤잖아. 나는 팔찌랑 방패랑…….”

보수 내용은 전원이 동일하지 않은 모양이었다. 들어본 바로는 일곱 종류. 그중에서 랜덤으로 보수가 주어졌다. 최초 공략으로 두 개니까, 전부 다 갖추려면 최소한 네 번 공략해야만 하는 모양이다.

플레이어의 사행심을 조장하기 위해서 일부러 단번에 다

모을 수 없는 형태라니, 머리 좀 썼다 싶었다. 뭐, 내가 탐내는 것만 손에 들어오면 문제없지만.

"좋아. 곧 전송된다."

시간이 없기 때문에 미카즈치가 목청을 높였다.

그 직후에 전송이 시작되고 나는 활시위를 확인하며 전송된 순간에 바로 반격할 수 있는 준비와 각오를 다졌다.

발밑이 꺼지는 듯한 부유감을 순간 맛보고, 몇 센티미터 뜬 장소에서 떨어지듯이 통상공간의 같은 장소로 전송되었다. 완전히 다른 상위공간이라고도 할 수 있는 장소에서 귀환하였다.

돌아온 장소에는 가부좌를 틀고 기다리던 플레인과 그 주위를 지키듯이 선 PK들. 또한 그 바깥을 둘러싼 것은 퀘스트 직전에 증원으로 달려온 플레이어들이겠지.

서로 눈씨름을 벌이는 가운데 플레인이 일어섰다.

"하하! 기다렸다고, 이 자식들."

"뭐야, 아직도 있었어? 우리가 퀘스트 하는 동안에 쓰러졌을줄 알았는데."

도발에 도발로 맞서는 미카즈치에게 가볍게 코웃음을 날리는 플레인.

"이쪽은 이쪽대로 정리했다. [포슈 하운드] 같은 멍청이들은 이제 없어. 남아 있는 건 우리뿐이다."

주위를 둘러싼 플레이어 하나가 플레인을 향해 검을 휘둘렀다. 그걸 탐지한 플레인의 호위 PK가 즉각 반격하여서

HP를 순식간에 깎아먹었다.

아직 둘러싼 플레이어들에게 승산이 있다고 해도, 자신을 미끼로 삼아 PK를 배제 하는 것은 꺼려서 교착에 들어간 상태였다.

"뭐야? PK 길드 동료끼리 내분이야?"

"동료? 그럴 리 없잖아."

칼집에 넣은 세검으로 어깨를 두드리는 플레인은 속내를 말하기 시작했다.

"그저 강한 녀석을 베기 위해 이용했을 뿐이야. 하지만 기가 살아서 생산직들을 무시한 건 악수였지. 나의 이 검도 내가 PK란 걸 알고 맡아준 녀석이었으니까. 그러니까 이 이상 귀찮아지기 전에 우리 손으로 해치웠어. 경험치가 짭짤하더군."

빙그레 웃는 플레인에게 이벤트 첫날밤에 싸웠던 PK는 한숨을 내쉬며 한마디했다.

"뭐가 즐거웠단 겁니까. 애초에 에어리어 점령도 퀘스트 보수도 흥미가 없고, 게다가 너무 커져버린 길드의 관리 태만 때문에 PK의 질이 하락해서 소동이 일어났지요. [포슈하운드]와 [옥염대]가 같은 취급이니까, 질 나쁜 PK가 우리에게까지도 섞였고. 뭐, 반대로 마찬가지 전투광이 [포슈하운드] 쪽에도 있어서 이쪽으로 끌어들였지만."

"시끄러, 토비아. 괜한 소리 하지 마. 나는 재미있고, 강한 자와 리스크 있는 싸움을 할 수 있으면 그걸로 만족이야."

PK 길드의 길드마스터 플레인과 서브마스터 토비아가 꽤나 솔직한 토크를 우리 앞에서 벌였다.

아연해진 이쪽의 시선을 깨달았는지, 플레인과 떠들던 토비아가 내게 가볍게 손을 흔들기에 굳은 얼굴인 채로 손을 흔들어주었다.

왠지 뭐든지 하는 극악 PK라는 선입관과 사실은 순수한 인정을 가진 전투광. 그 단순한 갭과 그의 막힘없는 말에 플레인의 카리스마를 본 듯했다.

같은 길드마스터로서 카리스마 넘치는 미카즈치는 워밍업이라도 하듯이 자기 무기를 휘두르며 준비했다. 그런 동작이 일일이 멋있구나 하고 마음속으로 중얼거렸다.

"그럼 약속을 지켜야지. 레어 장비로 상대해주마."

한순간의 공백을 거치며 미카즈치의 몸을 뒤덮은 장비가 변했다. 고급 천과 가죽 방어구는 연자주색에 늑대 무늬가 새겨진 전신갑옷으로 변했다.

"그래, 간단히 쓰러지지 말라고."

"그건 이쪽이 할 말이야. [옥염대]의 길드마스터 플레인. 이번이 진짜다."

서로 봉과 세검을 들었다.

"너희들! 방해하지 마! 이건 나와 미카즈치의 승부다!"

"우리는 퀘스트에 이기고 PK에 지는 건가! 아니! 퀘스트도 PK도 이긴다! 나설 필요 없어!"

신호도 없이 순식간에 거리를 좁히고 서로에게 무기를 휘둘렀다.
봉과 세검이 부딪칠 때마다 양쪽의 소재에서는 나올 수 없는 소리가 울렸다.
중량감 있는 전신갑옷을 입었을 터인 미카즈치는 겉보기와 달리 매끄러운 움직임과 힘으로 상대의 공격을 튕겨냈다.
반대로 밀어붙이는 스타일의 플레인은 힘으로는 뒤진다고 판단하고, 야수 같은 움직임으로 낮은 위치에서 대처하기 어려운 공격을 펼쳤다.
서로 접촉을 최소한으로 삼갔다. 그러면서도 엄청난 파워의 충돌에 양자의 실력이 팽팽하다는 게 느껴졌다.
"즐거워 보이지, 둘 다?"
"뭐야, 나한테 할 말 있어?"
두 사람의 싸움을 바라보는 채로 토비아가 내게 말을 걸어왔다. 개인적으로는 한 차례 싸워서 전혀 못 당해냈기 때문에 다소 꺼림칙했다. 에밀리도 그걸 알아차리고 이쪽으로 다가왔지만, 토비아는 개의치 않고 말하기 시작했다.
"오늘로 [옥염대]는 해산이야."
"뭐? OSO 그만두게?"
"아니, 일단 길드를 해산하고 같은 이름으로 다시 만들어야지. 여태까지의 소동을 죄다 청산하고 다시금 플레인의 제멋대로인 행동을 좋아하는 놈들로만 모인 길드를 만들 거다."
"……그래. 하지만 남한테 폐 끼치진 마."
"그건 어렵지. 플레인도 저렇지만 우리도 멋대로 굴거든.

정나미가 떨어지면 주저 없이 떠나. 오는 사람은 막지 않고 가는 사람은 잡지 않지. 하고 싶은 게 있거든 자유롭게 하면 돼. 부정하는 이도 간섭하는 이도 없어. 꽤나 차가울 것 같지만…… 그게 또 기분 좋아."

시선을 흐리면서 플레인에 대해 말하는 눈앞의 PK.

그 시선 앞에는 서서히 힘으로 밀리는 플레인이 어린애처럼 즐겁게 싸우는 모습이 있었다.

——PK. 룰에 얽매이지 않는 대신 리스크도 지는 자유로운 모습도 게임의 한 모습이라고 내게 말해주었다.

그리고 모두가 말없이 두 사람의 싸움을 지켜보았다.

서로 회복이란 수단은 처음부터 택하지 않고 생명을 깎아낸다고 할 만한 싸움이었다.

그리고 플레인이 움직였다.

"——〈살인〉!"

드디어 나왔다! 궁지에 몰린 플레인이 일발역전의 필살스킬을 발동시켰다.

허리를 낮춘 자세에서 찔러 올리듯이 날린 세검의 일격. 투구와 갑옷의 틈새로 빨려드는 듯한 날카로운 일격이었지만 미카즈치는 최소한의 움직임으로 그걸 피하고, 오히려 재빠른 반동을 이용한 돌려차기가 플레인의 복부에 들어갔다.

플레인은 지면을 튕기듯이 구르면서 일어서더니 다시금 미카즈치 쪽을 향했다.

"우와아아아——〈살인〉!"

자잘한 스텝과 페인트를 포함한 속임수와 일발역전의 도박.

미카즈치가 반응할 수 없는 순간을 노려서 갑옷 틈새로 날린 일격. 필살 스킬의 공격을 받은 미카즈치의 HP는 통상 대미지에 머물렀다.

그리고 플레인이 멈춘 순간을 미카즈치는 놓치지 않고 괴력으로 지면까지 분쇄하였고, 쓰러진 플레인의 위에 올라타서 움직임을 막았다.

"자, 이걸로 네 패배는 확정이다. 듣자 하니 리스크 회피를 위한 자멸기 같은 걸 쓰다고 하던데. 하지만 자멸 따위 하지 말고 얌전히 지라고."

"당연하지. 나 참, 자멸기로 리스크 회피 같은 짓을 한 놈은 누구야? 나중에 각오해."

그렇게 말하면서 힘을 빼는 플레인.

내가 옆에서 실제로 〈새크리파이스 카운터〉를 이용한 자멸기로 리스크를 회피한 인물을 노려보자, 토비아가 시선을 돌리면서 메마른 웃음을 흘렸다.

"지난 두 번하고는 완전히 다르군. 뭘 했지?"

세검을 든 쪽의 손목을 짓밟고 목젖에 봉을 대어 움직임을 막은 미카즈치를 향해 어떻게 한 건지 묻는 플레인.

"그건 퀘스트 보수인 이 갑옷이야."

미카즈치도 입수한 퀘스트 보수 중 하나. 나는 내 인벤토리를 열고 장비 스테이터스를 확인했다.

명랑의 수호갑옷 [방어구]

DEF +30 추가효과 : [방어속성 : 불사] [완력] [기능 봉인]

늑대 무늬의 전신갑옷은 레이드 보스인 가름팬텀을 모델로 한 장비이며, 방어력 자체는 다소 낮다.

하지만 그 추가효과는 유용하다.

"방어구의 추가효과로 장비자의 속성을 언데드, 즉 불사 계열로 만들지. 언데드에게 참격 계열 대미지는 효과가 별로야. 게다가 애초에 죽은 자에게 필살 같은 건 무의미하지."

"하아, 그렇게 되면 공격 방법은 타격 계열이나 화염이나 빛. 아니면 회복 계열인가."

"뭐, 이건 우연이지만."

그러면서 어깨를 으쓱이는 미카즈치.

그 외에 물리공격력을 대폭 강화하는 [완력]의 추가효과는 같은 물리상승 계열 센스와의 상승효과로 플레인을 힘으로 웃돌 수 있었다.

마지막으로 디메리트에 불과한 모든 스킬, 아츠를 쓸 수 없게 되는 [기능 봉인] 말인데, 대인전투나 PVP에서는 틈이 생기기 쉬운 [아츠]를 가급적 쓰지 않는 식으로 싸우기 때문에 이번 플레인과의 싸움에서는 별로 디메리트가 되지 않았다.

"진짜 머릿속까지 근육 덩어리의 조합이잖아. 이, 괴력, 녀가……."

플레인이 투덜거린 순간, 미카즈치가 무자비하게 플레인의 머리를 쪼개듯이 공격을 날렸다. 지면을 등져서 도망칠 수 없는 플레인의 머리를 파괴하는 둔중한 일격은 남은 HP를 죄다 빼앗았다.

모두가 지켜보는 가운데 플레인의 패배를 확인한 동료 PK들은 긴 한숨을 내뱉고 가벼운 목소리로 "철수~, 그럼 실례했습니다"라면서 떠나가려고 했다.

그런 김빠진 목소리에 미카즈치가 제동을 걸었다.

"재미있었어. 거기 너, 이제부터 뒤풀이 어때?"

"하앙? 우리는 PK고, 너희는 방금 전까지 우리 길마랑 싸웠잖아. 무슨 소리야?"

"나는 신경 안 써. 뭐, 참가는 자유다."

"아니, 우리 대장이 뻗었는데……."

이래도 괜찮나? 어쩌지? 그렇게 말하듯이 머리를 북북 긁으면서 고민하는 토비아.

그러자 미카즈치가 내게 기대 어린 시선을 보내왔다.

"하아, 나 참. 알았어."

"부탁해, 아가씨."

그러니까 아가씨라고 하지 마. 속으로 그렇게 푸념하면서 플레인의 앞에서 서서 약을 하나 썼다.

"어이, 설마……."

분홍색 이펙트와 함께 소생하는 플레인의 모습에 PK들이 눈을 치떴다. 뭐, 값비싼 소생약을 쉽사리 쓰거나 PK를 소생시키는 걸 보면 무슨 인간이 저러나 싶기도 하겠지.

"아프잖아. 힘이 세다고 보통 이 정도까지 하냐?"

"여자한테 그런 소리 하지 마. 그리고 결정타는 확실하게 먹이는 법이지."

미카즈치가 다소 개인적인 원한이 섞인 대답을 하자, 플레인은 패배를 시인하고 그 이상 싸움을 걸지 않았다. 지금으로서는 말이지만…….

"다음은 술 마시기 승부다. 어이, 지금 로그인한 녀석들 모아서 뒤풀이 하자."

"진심……이군. 뭐, 질릴 때까지 따라가지."

어느 틈에 다른 사람들도 포함하여 퀘스트 클리어 뒤풀이가 시작되었다.

요리에 술에, 그리고 대화. 자유 참가인 그것은 싸움 뒤의 흥분에 젖은 채로 시작되었다. 그리고 PK 상대로 한 스트리트 파이트를 안주 삼아서 술을 마시는 어른들. 손에 넣은 퀘스트 보수의 트레이드가 시작되었다.

●

"어~이, 술하고 안주는 아직이야?"

"지금 가져가. 아니, 왜 내가 만드는 건데!"

접시에 담은 요리를 주정뱅이 앞으로 가져가면서 나는 성대하게 투덜거렸다.

제1마을까지 돌아온 우리는 남은 노점에서 음식을 긁어 모아 즉석 전채를 만들고, 더 달라는 리퀘스트 요리 등을 [요리] 센스가 있는 플레이어와 함께 만들기 시작했다.

"흠, 이번 것도 맛있어 보이는군. 그럼 와인과 함께 먹어 볼까."

"푸하앗! 역시 튀김과 소주의 조합은 좋네."

"나는 맥주로군. 하지만 요리사인가……. 어이, 이참에 우리 길드 중에서 몇 명이 [요리] 센스 좀 따 와!"

술을 마시는 어른들. 미카즈치에 PK 플레인. 그리고 이 뒤풀이 이야기를 어디서 주워들었는지 클로드까지 모여서 삼인삼색으로 좋아하는 종류의 술로 튀김을 먹어댔다.

뭐, 여느 때와 마찬가지로 뒤풀이 요리 준비는 [요리] 센스를 가진 사람이 총출동하여 떠맡는 꼴이다.

[옥염대] 멤버 중에서도 센스 취득 희망자가 나타나서, 이 기회를 빌어서 효율 좋게 센스를 키우는 법을 배우려는 사람도 있었다.

"어이, 교대해도 좋아! [요리] 계열 생산 길드에게 말해서 뒤풀이 준비할 사람을 데려왔으니까."

"마기 씨, 고마워요."

이제 좀 쉴 수 있겠다 싶어서 내가 안도의 웃음을 짓자, 마기 씨는 손을 설레설레 흔들면서 신경 쓰지 말라고 해주었다.

"우리도 참가하고 싶었을 뿐이야. 애초에 생산직 주최의 이벤트가 끝나면 수고들 했다는 의미로 뒤풀이를 하고 싶었으니까 거기에 편승한 것뿐이고. 게다가…… 다들 축제를 좋아하니까."

"그렇군요."

정말로 별의별 녀석이 있다.

오늘 입수한 퀘스트 보수를 트레이드나 옥션에 걸고, 그걸 보려고 구경꾼까지 모여드는 상황.

플레인 이외의 [옥염대] PK와 본격적인 대인전 데먼스트레이션을 유발하여, 스트리트 파이트가 벌어졌다.

플레인의 심복이라고 불리는 남자 PK는 스트리트 파이트에 참가, 또 다른 심복인 부드러운 표정의 여성 플레이어는 우리에게 [요리] 센스를 배웠다.

"그렇다 치더라도, 어쩜 이런 가슴 뛰는 레어 소재가 모였을까."

마기 씨는 눈을 가느다랗게 뜨고 옥션에서 가격이 올라가는 중인 아이템, 레이드 퀘스트의 보수 중 하나인 가름의 이빨을 바라보았다.

장비의 강화소재인 그것에 생산직으로서 흥미가 있는 모양이었다.

"그래~. 그런데 윤찌. 윤찌는 묘목으로 활을 만들어보지 않을래?"

마기 씨의 옆에 앉아서 고기꼬치를 손에 든 리리의 유혹.

레이드 퀘스트의 보수 중 하나 [도등화의 묘목]은 소재이며, 재배 아이템이다. 리리는 여러 사람에게 묘목을 사용한 지팡이의 제작을 의뢰받았다.
하지만 내 대답은 이미 정해져 있었다.
"미안하지만 심을 생각이니까."
"그렇겠지~. 역시 안정적으로 [소생약]의 소재가 손에 들어오니까. [조합] 센스 소유자에게는 매력적이야."
"그럼 윤찌. 그 외에 입수한 건 뭐야? 윤찌가 쓸 수 있는 거?"
"별로 내가 쓸 수 있는 건 아냐."
미카즈치와 마찬가지로 유니크 장비인 전신갑옷과 팔찌 모양의 액세서리.
갑옷에 관해서는 미카즈치와 플레인의 전투 상황을 섞어가면서 설명했지만, 또 하나의 보수에 대해서는 다르다.
팔찌 모양의 액세서리는 조금 재미있는 효과를 가졌다.

도등화 나무덩굴 [장식품] (중량 : 3)
DEF +5 MIND +5 추가효과 : [한정소생 : 3 / 7]

퀘스트의 심볼이라고 할 수 있는 도등화 나무를 모티프로 한 팔찌는 소생 스킬을 일시적으로 부여하는 효과를 가졌다.
효과는 한정적이며, 팔찌에 색이 들어간 꽃잎의 수만큼 소생 스킬을 쓸 수 있으며 하루에 꽃잎 하나씩 색깔이 회복된다. 꽃잎의 수는 최대 일곱 장.

도등화 묘목이 있는 나에게 소생 스킬을 사용할 수 있는 액세서리는 별로 사용 기회가 많지 않을 거라 느껴졌다.

"——그리고 이런 느낌으로. 나로서는 다른 묘목이나 책 쪽이 더 필요했어요."

"그건 가진 자의 여유야!"

"우왓?! 뮤우, 사람 놀라게 하지 마."

갑자기 뒤에서 소리 지른 뮤우 때문에 나는 놀라서 돌아보았다. 뮤우는 조금 울상을 하고서 늘어진 미간에 주름을 잡으며 째려보았다.

"팔찌는 내가 원한 보수인데……. 타쿠 오빠는 자기 무기에 쓸 강화소재를 먹었고, 세이 언니는 트레이드로 망토랑 묘목을 얻어서 마법사 장비를 더 갖추겠다고 하고!"

아, 타쿠는 왠지 운이 좋구나. 세이 누나는 또 물욕 센서에 걸려서 원하는 아이템을 못 먹었지만 트레이드로 입수한 모양이었다.

"필요하면 교환해줄게."

"정말?! 와아! 언니, 좋아해!"

그러니까 오빠라니까. 그렇게 말하고 싶었지만, 억지로 트레이드 화면에 아이템을 올려놓게 되었다.

트레이드 내용은 뮤우가 책이고 내가 팔찌다. 하지만 나로서는 별로 쓸 일 없는 팔찌를 어떻게 할지 그냥 흥미 삼아서 물어봤더니——.

"아니, 이건 한정적이라도 소생 마법을 쓸 수 있잖아! 소생은 회복계에 속하는 마법이니까, 쓸 수만 있으면 보통 회복보다도 많은 경험치가 들어와! 즉, 레벨업용 아이템이 되는 거야!"

흥분한 기색으로 말하는 뮤우에게 우리 생산직 셋은 납득하였다. 그런 식으로 쓸 수도 있구나 하고 감탄하였다.

뮤우는 춤추듯이 펄쩍대며 루카토네 쪽으로 돌아갔다. 그 뒷모습을 보며 아직도 어린애라고 생각하였다.

그리고 이렇게 멋대로 떠들어댄, 제2의 이벤트 같은 뒤풀이에서 젊은이들은 일찌감치 탈락. 어른들은 나중에 들어보니, 마시고 떠들고를 반복했다는 모양이다.

다들 저마다 시간을 보내는 가운데──.

"너…… 엔도지?"

"무무무, 무슨 말일까? 검사 타쿠?"

"아니, 널 감쌀 때의 여파로 가면 밑의 맨얼굴을 봤으니까. 숨기지 마."

배경에 암흑을 짊어진 듯한 에밀리는 타쿠에게 간단히 정체를 들키는 사건이 있었다. 이걸로 에밀리가 정체를 숨길 이유는 없어져서, 지금 내 옆에 앉아서 주위를 바라보고 있었다.

"왠지 관계없는 사람들도 섞였네."

"다들 축제를 좋아하니까."

그중에는 단순히 지나가던 사람들도 섞여서 이것저것 먹

고 이야기를 듣고 오고갔다.

바로 우리 옆에도——.

"……그런데 레티아, 라이나, 알. 너희는 뭐 하는 거야?"

"우물우물……. 꿀꺽, 윤 씨, 에밀리 씨, 어서 오세요."

"아, 윤 씨, 에밀리 씨, 수고하셨습니다."

"수고하셨습니다."

셋이서 남은 음식을 긁어모으듯이 먹고 있었다. 주로 레티아가.

그리고 알과 라이나가 밝은 표정을 하고 우리에게 어떤 보고를 하였다.

"들어보세요! 우리, 길드를 만들기로 했어요!"

"우리 길드야! 권유가 귀찮고 짜증났는데, 생각해 보니 어디에 들어갈 필요는 없었어!"

자랑스럽게 가슴을 펴는 라이나의 모습에 '아, 그렇구나' 싶었다.

"용케 [길드증]을 손에 넣었네."

"그건 제가 시장에 나돌던 것을 샀을 뿐입니다. 꽤 싸더군요."

고개를 까딱거리듯이 레티아가 "어떤가요? 먹겠습니까?" 라고 튀김을 권했지만 사양했다.

"우리의 길드 [신록의 바람]이야! 아직 뭘 할지는 정하지 않았지만, 길드마스터는 레티아 씨고 우리는 그 멤버! 아직 우리 셋뿐이라 서브마스터 같은 건 지금은 필요 없지만, 언젠가 강해져서 모두에게 인정받는 서브마스터가 될 거야!"

라이나는 의기양양했지만, 길드의 서브마스터는 레벨만이 아니라고 생각한다. 세이 누나와 클로드를 보면, 냉정함이나 사무능력 같은 것도 필요하지 않을까 싶다. 뭐, 길드마스터가 레티아라면 분명 분위기가 나빠질 일은 없겠지.

에밀리와 함께 힘내라는 성원을 보내고, 우리는 로그아웃했다.

그리고 훗날──.

"으음, 지나치긴 했지만 문제없나."

로또에서 얻은 돈으로 [아트리옐]을 개장하였다. 구입할 때마다 가격이 오르는 땅을 거금으로 늘리고, 밭 전체가 보이는 위치에 파라솔과 테라스, 그리고 테이블과 의자를 준비하여 다과회도 할 수 있는 멋진 공간을 만들었다.

이걸 살 때에는 저축한 돈으로 부족해서 수중의 소생약 등을 죄다 팔아 돈을 염출하는 고생을 했지만, 그건 여담이다.

그리고 테라스에서 보이는 정면 밭에는 도등화 묘목을 심었는데, 쑥쑥 잘 자랐다.

"멋지네."

나무줄기에 기대듯이 앉은 뤼이와 그 나무 아래에서 자기 꼬리를 쫓아 뛰어다니는 자쿠로. 두 마리는 때때로 처진 있는 꽃을 올려다보았다.

덩굴과 꽃이 산들바람에 살랑살랑 흔들리는 소리가 기분 좋게 귀에 닿았다.

현실에서는 쌀쌀한 겨울날이라도, 게임에서는 일광욕을 할 수 있을 만큼 햇살이 따뜻하다.

"어라? 후후, 윤. 어쩌나 보러 왔는데 자고 있네."

안 잡니다. 깨어 있습니다. 그렇게 말하고 싶지만, 의식과 달리 눈은 감은 상태.

베란다의 테이블에 엎드려서 잠든 내게 말을 거는 건 에밀리겠지.

다정한 목소리가 괜히 더 졸음을 불렀다. 분명히 피로나 어떤 원인으로 뇌파에 수면 상태를 검사하면 일시적으로 플레이어의 의식을 재워서 뇌를 쉬게 한다나.

다만 온라인 상태인데도 옆구리와 무릎에 따뜻한 것이 있는 것 같았다.

의식이 사라지기 전에 늑대가 한 번 우는 듯한 소리를 들은 것은 꿈일까 환상일까.

—— 스테이터스 ——

NAME : 윤

무기 : 검은 소녀의 장궁

부무기 : 마기 씨의 식칼

방어구 : CS No.6 오커 크리에이터 (외투, 속옷, 가슴, 허리)

액세서리 장비 한계 용량 2 / 10
– 거친 철 반지 (1)
– 대신하는 보석의 반지 (1)

소지 SP 23
[활 Lv40] [장궁 Lv14] [하늘의 눈 Lv5] [속도 상승 Lv28]
[간파 Lv15] [마법재능 Lv46] [마력 Lv49] [부가술 LV26]
[조약 Lv28] [언어학 Lv18]
대기
[연금 Lv32] [합성 Lv33] [조금 Lv2] [수영 Lv13]
[생산의 소양 Lv34] [조교 Lv8] [지 속성 재능 Lv19] [요리 Lv27]

레이드 퀘스트 보수
– 도등화의 묘목
– 명랑의 수호갑옷
– 정체 모를 책 (미해독)

작가 후기

처음이신 분, 오랜만이신 분, 안녕하세요. 아로하자초입니다.

이 책을 손에 들어주신 분, 담당 편집자 A 씨, 작품에 멋진 일러스트를 준비해주신 유키상 님, 또 출판 이전부터 인터넷에서 제 작품을 읽어주신 분들께 많은 감사를 드립니다. 또 에이지 프리미엄에서 하니 쿠라인 님의 코미컬라이즈판과 연동하여 5권과 코믹스 1권이 동시 발매되었습니다. 코믹스 1권의 커버 뒤에는 새로 쓴 소설을 개재. 코미컬하고 표정이 풍부한 윤 일행의 활약을 볼 수 있는 한 권이 되었습니다. 이쪽도 꼭 손에 들어주셨으면 합니다.

이번에는 상하권식의 구성 중 하권으로, 두 권에 걸친 이번 소동은 즐겁게 읽으셨습니까. 앞으로도 즐겁게 봐주시면 감사하겠습니다.

이번의 소재는 이 작품의 4권을 읽은 형과의 대화에서 나온 이야기.

[4권 읽었다. 얼른 다음 권 읽고 싶어. 또 그 미카즈치인가 대단하네.]

"일러스트 좋지. 나는 가슴 달린 미남이란 느낌이 좋아."

[그것도 있지만, 권말의 스테이터스의 무기 항목이 한자네 글자라니, 무슨 여자 폭주족의 총대장이야? 길드마스터도 하고 있고. 누님이라는 느낌의 캐릭터잖아. 폭주족식으로 말하지 않아?]

“아니, 그럴 예정은 없었어. 일절 없었다고. 아니, 그러고 보니 그런 식으로밖에 안 보이잖아. 어떻게 책임질 거야?”

[아니, 그런가? 그럼 처음에는 뭘 이미지 했는데?]

“봉술을 쓰니까 도장집 딸이라든가, 사범대리? 대련이나 합숙이 끝난 뒤에 사회인들과 섞여서 술을 주고받는 느낌의 시원시원한 누나.”

쌍방이 받은 느낌에 차이가 있다는 것을 실감한, 살짝 웃기는 대화였습니다.

이제부터도 저 아로하자초를 잘 부탁드립니다.

마지막으로 이 책을 손에 들어주신 독자 여러분께 거듭 감사를 드립니다.

또 여러분과 만날 날을 기대하고 있습니다.

2015년 4월 아로하자초

온리 센스 온라인 5

2016년 5월 15일 1판 1쇄 발행
2017년 7월 15일 1판 2쇄 발행

저 자 아로하자초
일러스트 유키상
옮 긴 이 한신남
발 행 인 유재옥
본 부 장 조병권
담당편집자 김민지
편 집 권오범 김다솜 김민지 정영길 조찬희 박찬솔 이슬아
라이츠담당 오유진
디 지 털 홍승범
발 행 처 ㈜소미미디어
등 록 제2015-000008호
주 소 서울시 마포구 토정로222, 403호(신수동, 한국출판콘텐츠센터)
판 매 ㈜소미미디어
마 케 팅 박지혜
전 화 편집부 (070)4164-3962, 3963 기획실 (02)567-3388
판매 및 마케팅 (070)4165-6888, Fax (02)322-7665

ISBN 979-11-5710-340-9 04830
ISBN 979-11-5710-083-5 (세트)